KB270769

맑은 날

맑은 날

김용택 시집

차 례

제 1 부

섬진강 21
누이에게

누이야
오늘도 나는 해거름에 넋 놓아
강 건너 묵어가는 밭들을 바라본다.
어릴 때 너를 업어 잠재우며
바람에 일렁이는
보리밭을 보노라면
언제는 패고
언제는 쓰러졌다 일어나
무릎 짚고 익어 있던
앞산 보리들을 바라보며
나는 너의 가지런한 숨소리를 들었었다.
누이야
나는 그때
깍지 낀 내 손이 저려왔어도
무거운 줄을 몰랐었다.
어머니는 날마다 힘이 부치지만
네가 자라 가꿀
보리밭 명밭 콩밭을 부지런히 넓혔었지.
뒷산 그늘이 내려와 강물에 드리워지면

풀꽃들이 서늘히 드러나고
산그늘이 앞산을 오르며
어머님을 덮으면
허리를 펴며 땀을 식히시던
어머님의 넉넉한 노동의 하루.
그러면 나는 잠든 너를 산그늘로 덮어 잠재우고
부지런히 저녁 밥솥에 불을 땠었다.
지던 해가
앞산 머리에 뚝 떨어지면
이 골짜기 저 골짜기에서
줄줄이 풀 속을 내려오던
어머님들의 떠들썩한 웃음소리들,
함께 강가에서 만나 손발을 씻던
그 싱싱한 모습들을 생각하면
지금도 나는 즐거워지고
가슴이 뛴다.

너희들이 자라 차례차례 어머님과 내 등을 떠나고
밭들은 묵어 잡풀들이 우북하게 자라

풀꽃들을 피운다.
저 꽃을 꽃이라 부르면
내 허전한 등에선
설운 물소리가 들리고
나는 돌아서서 서럽단다.
누가 저 꽃을 꽃이라 부르랴.

누이야
어머님들이 아침저녁으로 다니던
정답던 길들은
키보다 더 큰 풀들이 자라
길을 메우고
밭 입구도 이제는 지워져 있다.
신발 벗어 가지런히 모아두고
새참을 얹어두던
빤질거리던 바위도 이제는 이끼만 푸르단다

밤 한쪽만 우리끼리 먹어도
목에 걸려 생각나는 누이야

저 산굽이 돌아오는
물굽이 끝을 보며
누이야 하고 부르면
지금도 내 등에선
가지런한 숨소리가 들리는구나.

오늘도 어머님은 밭 귀퉁이부터
지심들을 매어간다.
네가 시집가면 만들어줄
이불솜을 해마다 가꾼단다
어머니의 등짝처럼
벌겋게 드러나는 밭은
덴 자욱처럼 뜨거워 보이는구나.
누이야
저 밭을 이제 누구에게 물려주고
고시랑고시랑 집안에서
이것저것 잔소리로 늙으랴.

내 등을 적시며 배고파 울던 누이들아

오늘밤은 달빛이
앞산 머리에 유난하구나
요새 고향 달빛도
달빛 아래 마을도
타향같이 쓸쓸하기만 하다.
누이야
저 달빛 아래
저 앞산 밭 자갈들 틈속에
어머니들의 닳아진 손톱
저 반짝이는
눈물 같은 손톱으로
우리 이 땅에 숨쉬며 산다.

섬진강 22
누님의 손끝

누님.
누님 같은 가을입니다.
아침마다 안개가 떠나며
강물이 드러나고
어느 먼곳에서 돌아온 듯
풀꽃들이 내 앞에 내 뒤에
깜짝깜짝 반가움으로 피어납니다.
누님 같은 가을 강가에 서서
강 깊이 하늘거려 비치는
풀꽃들을 찬찬히 들여다보며
누님을 떠올립니다.

물동이를 옆에 끼고
강으로 가는 길을 따라
강물에 이르르면
누님은 동이 가득 남실남실 물을 길어
바가지를 물동이에 엎어 띄워놓고
언제나 그 징검다리 하나를 차지하고
머리를, 그 치렁치렁한 머리채를 흘러가는 강물에 풀었

었지요.
　누님이 동이 가득 강물을 긷고
　머리를 감는 동안
　나는 물장난을 치며
　징검다리를 두어 간씩 힘껏힘껏 뛰어다니거나
　피라미들을 손으로 떠서
　손사래로 살려주고
　다시 떠서 살려주며 놀다가
　문득 누님을 쳐다보면
　노을은 강을 따라 앞산을 오르고
　누님은 머리를 다 감고
　고개를 뒤로 젖혀 머리채를 흔들어 강바람에 말렸지요.
　저 앞의 우뚝 큰 산의 숫구치는 산굽이 돌아오는
　맑고 고운 강물 속에
　누님의 모습은
　불길처럼 타는 노을과 함께
　활활거렸습니다.
　그런 누님의 모습을 올려다보며
　내 가슴은 쿵쿵 뛰었었습니다.

강바람에 하늘거리던 누님의 검정치마와 꽃자주고름,
그 고운 머릿결이
차곡차곡 내 가슴 어딘가에 서늘히 쌓이곤 했습니다.
누님,
누님은 붉은 댕기를 입에 물고
머리를 따 내리면서
나를 보며 가을 햇빛같이 쓸쓸히
때론 환하게 웃어주곤 했습니다.
누님은 머리를 다 따 내려 묶고
또아리를 곱게 빗은 머리 위에 가만히 얹고 앉아
또아리 끈을 입에 물고
눈 내리깔아
물동이를 이고 일어섰습니다.
물동이를 이고 징검다리를 건너뛸 때마다
남실거리던 물이 넘쳐 흘러내리면
누님은 이마를 흘러내리다 눈썹에 걸린 물을 훔쳐 뿌리
곤 했습니다.
누님의 그 눈 내리깐 고운 청춘의 눈가에서 떨어지는
물방울을 뿌리는 손길을 따라가다 보면

누님의 손끝에선
풀꽃들이 피어나고
풀꽃들이 떨어졌습니다.
때론 작은골 큰골 붉은 단풍이 물들고
앞산 위에 반짝이는 샛별이 되고
초가 지붕 위에
하얀 박꽃이 피어났습니다.
강길이 다 끝날 때까지
누님은 그렇게 우리 마을 곳곳을 곱게도 물들이며
걸었습니다.

전쟁이 끝난 어느 가을날이었습니다.
그날따라 누님은
일찍 물을 길어놓고
노을보다 먼저 징검다리를 건너
강변에 가 앉았습니다.
누님은 풀꽃들이 만발한 강변에 앉아
강물을 바라보며
무심히 풀잎들을 뜯어

잘근잘근 깨물었습니다.
강바람에 쓰러지고 일어나는 풀잎들,
풀꽃들이 하늘거리는
그 깊디깊은 눈으로
저 강굽이 끝을 보며
"그이는 꼭 살아 있을 거여
그이는 꼭 올 거여" 하셨지요
누님,
누님이 그때 그 말을 중얼거리며
풀을 뜯어 흩뿌리며
벌떡 일어나 화난 사람처럼 강을 건넜었는지
나는 몰랐었습니다.
다만,
그해 가을이 이 가을처럼 가고
겨울이 겨울처럼 온
어느 눈 내리던 밤
나는 잠결에 아버님의 진노하신
목소리에 잠이 깨었고
"그놈은 오지 않는다. 인자 그놈은

잊어부러…… 그놈은 그놈은……" 하시던 고함소리와
누님의 가느다란 흐느낌 소리를 따라 내리는
눈 쌓이는 소리를 나는 숨죽여 들었습니다.
누님,
누님은 그날 밤 내 뒤척이고
눈은
들먹이는 산의 어깨를 따라 쌓이고
강에 내렸습니다.
누님,
누님이 보여주었던
그 바람 타는 강변 풀잎들이
지금도 저렇게,
어쩌자는 것인지 바람 속에 흔들거립니다.
풀꽃들이 넘어졌다가 일어나며
"그이, 그이는 꼭 올 거여
꼭 올 거여" 하는 것 같습니다 누님.
누님은 이렇게 가는
어느 늦가을 살얼음을 깨고
시린 물소리를 따라갔습니다.

누님이 한번 들려주셨던
그 그이, 그이를 지금 나도 생각합니다.

내 얼마나 사랑하는지요.
해 지면 풀꽃들이 한없이 몰려와
저문 강에 몸을 씻고
더욱 황홀하게 드러났다
서늘히 식던 그 자태들을,
한 꽃이 지며 다른 한 꽃에
꽃을 넘겨주고 가던
그 다정한 계절의 손짓들을,
아무도 오지 않는
내 청춘의 저문 물가에
우두커니 서서
저물어오는 강물에
내 얼마나 오래오래
내 외로움을 적셔
늦꽃을 피웠었는지요.

누님,
나는 누님의 강물과
내 어린 강물이 보고 싶을 때면
물소리를 따라 강물로 가곤 합니다.
물소리를 따라 가장 낮게 가라앉아 흐를 때까지 따라가면
이 세상이 이 세상으로 소중하게
다가와 내 몸에 감겨옵니다.
사랑이 크면 외로움이 깊다는
그런 말들을 믿을 때쯤
나는 물소리를 따라가며
물소리 끝에 뼈가 시렸으나
그런 말들을 계절처럼 수정해가면서
사랑이 크면 클수록
세상의 참모습이 바로 보이고
해야 할 일만 보임을 알게 되기까지
나는 누님이 머리 감고 일어서면
언제나 싱싱하게 물기에 젖어 있던
징검다리를 찾아가
어느것 하나 버릴 수 없는 이 세상의 물소리 속에서

피비린 전쟁과 두 동강난 조국의 아픔을
그리고 용기와 사랑을 보았습니다.
그리고 삶과 죽음
이별과 만남,
내 삶의 깊이와 폭을.

누님,
누님이 바라보며
그이를 기다렸던
저 슬픔과 괴로움과 그리움과 사랑의 여울지는 강물을
나도 바라봅니다.
아늑하고 평안한
바라봄의 저 강물을.

누님,
누님이 나를 데리고 강 건너로 가
바람에 쓰러지고 일어나는
바람 타는 풀잎들을 보여주었던
그 아름다운 날의 중얼거림,

그이 그이는 꼭 온다는
그 믿음이 세월을 따라 곧 내 믿음이 됩니다.
고개 들어
우뚝 일어서는 저 어두워져오는
산속을 보면
어둠속에 하얗하던
누님의 손,
그 손끝이 어둠을 뿌리며
어둠을 부르며 하늘거립니다.
그 손끝 따라
오늘도 강에 꽃들이 피어납니다.

누님,
그이는
이쪽도 저쪽도 아닌
저기 저 물같이
들를 곳 다 들러
우리 땅을 골고루 적서 채워주며
이 가을과 저 멀고 긴 어둠의 겨울을 뚫고

봄을 여는 물굽이로
저 산굽이를 돌아
눈부시게 올 것입니다.
그 힘찬 희망의 날에
우리 그리운 누님의 고운 강변에
풀꽃들이 만발하고
역사의 꽃수레를 끌고 가는 씩씩한
사내들을 맨발로 따라가는
내 누이들의 숨김없는 싱그러운 웃음소리들이
산에 산산이 울려
강에 강강에 울려
누님의 손길을 따라
저 깊고 어두운 산과 강이
훤하게, 훤하게
꽃같이 훤하게
열릴 것입니다.
그러면 누님
이 서러운 강물을 쓸어안으며
저 하늘 보며

곱게곱게 쓰러지십시오 누님.

섬진강 23
편지 두 통

어머님께

엄마 보고 싶어요
바쁜 철이 되어가니
겨울에 그렇게나마 고와진 손발
또 거칠어지겠군요
엄마 딸
곧 직장 갖게 될 것 같아요
엄마
나 학교 못 다녀도 괜찮아요
너무 걱정 마시고
몸 편하세요
어머니 딸이 된 것
그리고 이렇게 맘이 크게 된 것 감사드립니다.

엄마
집에 갔다가 올 때마다
동구 밖까지 짐 이어다주시고
오래오래 서 계시다가

징검다리 건너
밭에 드시던
어머니 뒤돌아보며
어머니, 어머니 하며 들길 걸을 때
차마 발걸음이 떼어지지 않고
등뒤 물소리에
목이 메어
산천이 뿌연해지곤 했어요
엄마
이 세상 사람들에게
좋은 딸이 될게요
아름다운 하늘 아래
밭 매고 계실 엄마에게
사랑하는 엄마의 작은딸
복숙 올림.

　　딸에게

복숙아

니 핵교 그만둔 것
징검다리를 건너다가도
밭을 매다가도
그냥 우두커니 서지고
호미끝이 돌자갈에 걸려
손길이 떨리고
눈물이 퉁퉁 떨어져
콩잎을 다 적신다.
이 에미가 이렇게
가슴이 미어지는디
너사 을매나 가슴이 아프겄냐
허지만, 너만 그런 것도 아닌가 보드라
너도 인자 돈벌어
시집가서 잘 살아라
복숙아
논에 들고 밭에 들어 일헐 때
그냥 너그덜 못 입히고 못 멕이고,
언제 너그들 가윗돈 한번 준 적 있었냐.
그렇게 가르친 걸 생각하면

꼭 죽겄다.
그냥, 공일날만 돌아오면 걱정이 되고
고추 팔고 삼베 팔고 니 애비 모르게
온갖 곡식 되로 말로 퍼내어
알탕갈탕 침이 마르게 돈 주고
이 고샅 저 고샅
발이 닳아지고
입이 닳아지게
돈 꿔다 주고 그래도
너그들 시무룩허게
쌀자루 메고 김치단지 들고 가는 꼴을
밭머리 들다 바라보면
너그 가슴이야 오죽들 혔겄냐만
내 가슴은 그냥 찢어졌단다
복숙아
이 몸뚱어리가 닳아지고 찢어질 것 같은 것이었으면
진즉 다 닳아지고 찢어져버렸을 것이다
그러면서도
너그들 방학 때 명절 때

끄릿끄릿 줄줄이 집에 오는 것이
곡석들 잎 사이로 보이면
내 자석들, 내 자석들 허며
손길이 빨라지고
내 삭신이래도 떼어주고 싶었니라
복숙아
니 일 니가 비문히 알아서 허겄냐만
너무 조급히 맘묵지 말아라
멀쩡한 생사람들이 죽고도
다들 살드라
없으면 없는 대로
있으면 있는 대로
오순도순 우애있게
사는 것이 질이여
객지생활 허는 너그들 다
그냥 몸이나 성혀야 헐 텐디
생각허면 헐수록
꼭 짠혀 죽겄다.

복숭아
바라보면 첩첩 산이요
돌아보면
굽이굽이 살아온 물이구나

하루가 다르게
저 앞산 앞내가 푸르러져오고
농사철은 코앞에 닥쳐오는디
홀몸으로 걱정이 저 앞산 같다만
어치고 어치고 또 되겠지야
일자리 잽히면 한번 댕겨가그라
산중에서 못난 니 에미가.

산이 참 곱게도 물들고
강이 참 맑기도 허다.

섬진강 24
맑은 날

할머님은 아흔네 해 동안 짊어진 짐을 부리고 허리를 펴
이 마을에 풀어놨던 숨결을 구석구석 다 거둬들였다가 다
시 길게 이 작은 강변 마을에 골고루 풀었습니다.

할머님이 살아생전 밤낮으로 보시던 할머니 나이보다
더 늙고 할머니 일생보다도 더 만고풍상을 겪어낸 뒷산 귀
목나무.
"올해는 바람이 없을랑갑다
까치집을 높은 데 진 걸 봉게로."
"올해는 농사일이 바쁘겠구나
나뭇잎이 한꺼번에 우우 핀 걸 봉게로."
할머님이 숨을 모두 거두어들여 맺었다가 마지막으로
길게 풀었을 때 가장 낮아진 새벽 물소리와 그 귀목나무
죽은 삭정이 가지 몇개가 바람 없이 부러져 떨어지는 소리
를 나는 가족들의 울음소리 속에서 들었습니다.

할머님이,
강 건너에서
강 이쪽으로

도롱곳 논밭에서
텃논 텃밭으로
텃논에서 마을회관으로
회관에서 이웃집으로
이웃집에서 마당으로
마당에서 마루로
마루에서 방으로
점점 그 모습이 사라지신 후에도
죽을 고비를 넘길 때마다 이웃 강 건너 마을로 시집간 딸
이 해마다 하얀해지는 머리로
찔레꽃 피고
깨꽃이 피고
쑥국새가 울어쌓고
혹은 눈 나리던
저문 강길 풀숲을 헤치며 왔다가
돌아갈 때마다
동네 사람들은 할머님이 아직도 살아 있음을 알고는
"참 오래 살기도 허신다인……"
"인자 죽을 때도 되얐재" 하다가

금방 또 할머님을 잊어버리고 하던 일들을 했습니다. 그러기를 여러 해, 온몸에 죽음꽃이 번져가고 움푹 패어가는 볼로 할머님은 "내가 왜 죽어, 이렇게 멀쩡헌디. 나는 더 살고 따땃헌 춘삼월에 날 좋은 날 죽을란다."

또 그렇게 보낸 몇해 봄을 언제 죽으려고 했었냐는 듯 참으로 말짱하게 살아나시곤 하셨지만 할머님은 죽을 때를 향해 자연스럽게 삶의 어느 끝에서부터 차근차근 죽음으로 자기를 이끌어가셨습니다. 뒷산 귀목나무처럼.

할머님은 이따금 방문을 열고 마루에 앉은 나더러 여러 가지 이야기 끝에마다

"내가 죽으면 내 간을 꺼내보거라

내 간이 있는가 다 녹아부렀는가."

할머님이 살아나오신 저 배고픔과 한숨과 시달림과 빼앗김, 저 눈물 많은 세상 세월도 이제 밥먹을 일 외엔 일을 다 빼앗겨버리고 죽음의 근처에 다다라가시며 할머님은 죽음의 한 고비를 넘어설 때마다 그렇게 말씀하시곤 하셨습니다.

할머님의 하얀 저고리가 지붕 위로 던져지고 새벽 어둠

이 서서히 문짝 없는 대문을 빠져나가 아침 강물로 가서
젖어 흘러가고, 딸네들이 허연 파뿌리 같은 머리채를 풀어
헤치고 신발을 벗어 들고 마을 앞 느티나무에서부터 곡성
을 터뜨리며 새벽빛을 따라 초상마당에 들어서며 어매 어
매 불쌍헌 우리 어매를 불렀습니다.

　저 깊고 끝 모를 우리들 한의 세월
　황토땅 깊이 푸른 불꽃이 타오르고
　할머님은 빤듯이 누워
　돌덩이처럼 차고 캄캄하게 식어갔습니다.

느닷없는 곡성과 울음소리들을 따라 동네 사람들이 하
나둘 모여들어 마당에 모닥불을 피워 아침 연기를 곧게 하
늘로 올리며 마을을 깨우고 헛간 구석에 남은 어둠까지 모
두 태우며 할머님의 죽음을 숨김없이 드러내주는 맑디맑
은 봄볕이 우리들 가난한 마당에 쏟아져 깔렸습니다.

　살구꽃 그늘이 마당에 떨어지고
　앵두꽃 그늘이 뒤안 우물에 드리워지고
　아이들은 돌멩이를

강물에 던져
물결을 일으키며
강가에서 놀고 있었습니다.

차일이 쳐지고
그동안 몇번 키웠다 잡아먹고
다시 키워논
할머님 초상용 돼지를 잡아
내장을 삶아먹고
술들이 거나해지자
초상마당은 할머니 죽음과 상관없이
활기를 찾아갔습니다.
사람들은 시키지 않아도
모여들어 무슨 일이든지
척척 손과 발이 안안팎으로 맞아떨어져
익숙하게 일들을 추렸습니다.

객지에서 하나둘 손주들이 돌아올 때마다 잠깐씩 울음
소리들이 뒷산을 가만가만히 울렸습니다. 마을은 오랜만

에 사람 사는 동네처럼 시끄러워지고 큰아버지 큰어머니 할머니만 사시던 큰집에도 오랜만에 사람 사는 집처럼 굴뚝마다 연기가 나고 방들이 따뜻해졌습니다. 그런 풍경들은 할머님의 죽음과 별 상관 없이 펄펄했고 또 평화스럽고 때로 아늑하게 보이기까지 했습니다.

나는 이따금씩 병풍 뒤에 가서
하얀 이불 홑청을 떠들고
밭고랑같이 주름진
할머님의 얼굴을 보곤 했습니다.

밖의 소란과 죽음의 조용함으로 서로 하루 해가 맘껏 길게 지고 산그늘이 뒷산을 내려오자 느티나무 까치집 그림자가 마당에 떨어졌다가 조용히 마당을 떠나 앞산을 넘어갔습니다. 마당엔 생솔나무 모닥불을 피워 뒷산 까치집 높이에서 연기를 풀었습니다. 산그늘이 마을을 빠져나가고 어둠이 뒷산길을 따라 내려와 마을을 덮자 타오르는 불빛이 뒷산을 훤하게 비췄습니다. 사람들의 그림자가 뒷산에서 너울너울거리고 불길에 빨갛게 치솟아올라간 불티는 어디까지 갔다가 오는지 하얀 재로 사람들의 머리와 어깨에 내려앉아 삭아 없어지곤 했습니다. 아이들은 불가에 쭈그려앉아 연기를 피해가며 자기 어머니들이 얻어다 준 부침개나 고기를 먹으며 쓸데없이 불을 뒤적거려 자꾸자꾸 불티를 하늘로 높이 올리며 불티가 올라가는 하늘을 쳐다보곤 했습니다. 사람들 얼굴에 불빛이 비칠 때마다 얼굴은 각양각색의 탈을 쓴 것처럼 보였습니다. 탈들은 여러가지 표정으로 죽음을 들여다보고 있었습니다.

죽음이 뭔지 잘 모르는
어린 손녀딸 하나가
하얀 상복을 입고 불가에 서서
불티가 올라가는
캄캄한 하늘을
오래오래 쳐다보다가
어둠에 젖은 별들을 보다가
하얀 상복 치마에
불티를 받고 서 있었습니다.

마지막으로 막둥이 아들이 오자 입관을 서둘렀습니다.
아들딸과 손자 고손자들로 방은 오랜만에 발 디딜 곳 없이
꽉찼습니다. (아, 몇해 전까지만 해도 할머님 생신이나 할
아버지 제사 때만 되어도 형제들로 인하여 방마다, 마루까
지 꽉차 밥과 떡을 나눠먹던 그 시끄럽던 날들이 떠올랐습
니다. 밥도 먹는 둥 마는 둥 떡 한조각씩 먹으며 우리들은
학교를 가곤 했었습니다.) 할머님은 관 속에 편안히 눕혀
지고 헌 옷가지들을 하나하나 관 속에 넣을 때
　　헌 옷가지들 속에서
　　마른 거름가루
　　마른 흙가루
　　마른 솔잎 부스러기들이
　　벼알이나 보리씨들이
　　할머님의 메마른 눈물같이 떨어지고,
　　반짝이며 딸랑 무엇이 관 속에 떨어졌습니다.
　　현금 육십원,
　　아, 두꺼운 얼음장이 쩌렁쩌렁 금가는 총성이 들리고
　　산이 울렸습니다.
　　동학과 일제와 난리,

앞산 보릿잎들이 부르르 온몸을 떨고
뒷산 귀목나무 삭정이 가지들이
우수수 떨어지고
강물이 출렁거렸습니다.
아우성 소리가,
총 맞은 할아버지를 뻔히 보면서도
달려가지 못하던
할머님의 울부짖음이
내 가슴을 때렸습니다.
꽁꽁 언 강 위의 피 흘리는
할아버지의 시체.
관뚜껑을 닫고 할머님의 모습이 사라지자 사람들은 마을이 떠내려가게 울었습니다. 그 울음소리 속에 할머님의 관에 못 치는 소리가 지나갔습니다.

 못 치는 소리가 지나가자 머리가 허연 할머님은 울음소리 속을 빠져나가 한 손은 굽은 등에 얹고 한 손으론 지팽이를 짚고 오랜만에 홀가분한 빈 몸으로 바람만 바람만 따라 보리밭 매던 할머니 등 같은 산기슭으로 산기슭으로 오르다, 느티나무 위의 까치집이랑 동네랑 강물이랑 우리들

집이랑 바라보기도 했습니다. 저 깊고 깊은 산허리 양지쪽 맑은 햇빛 속에 노란 잔디로 덮인 선산의 무덤들, 육이오 때 총 맞아 죽은 할머님의 남편과 큰아버지, 저지난해에 돌아가신 우리 아버지, 젊어서 죽은 내 아내와 사촌동생 용식이, 어려서 죽은 어린 조카들이 선산머리 낙락장송 아래로 나와 할머님을 고이 맞아 잔디밭에 나란히들 앉아 맑은 햇빛을 쐬며 저 굽이 돌아가며 부서지는 푸른 봄 강물을 눈이 부시게 보고 있었습니다. 할머님은 눈이 부시는지 죽음꽃 핀 앙상한 손으로 해를 가리고 있었습니다. 손사래 사이로 빛이, 고운 봄빛이, 새어들었습니다.

그렇게 저렇게
하루가 가고
하룻밤이 지났습니다.

그렇게 또 돌아온
그 이튿날 밤, 밤이 깊어지자 빈 상여가 마당에 놓여지고 상여꾼들이 달라들어 빈 상여를 어깨에 올렸습니다.
불쌍허네 불쌍허네

수리재떡이 불쌍허네

어어노 어어노 어어노……

상여가 서서히 앞뒤로 흔들거리며 상엿소리를 구슬프게 울리며 놀이를 시작하자 마당 가운데 있던 사람들이 마당 가로, 뜰방으로 나가 서고 상주들이 하나씩 허던 일들을 멈추고 상여 뒤를 따라 술 취한 소리로 아이고 할매, 아이고 할매, 불쌍한 우리 할매 하며 우는 시늉들을 내기 시작했습니다. 모닥불은 사람들의 얼굴에 이글이글 붉은 탈들을 씌웠습니다.

여기저기 떠들고 싸우고 고함치며 고달픈 삶과 허허로운 인생과 지난날들을 이야기하던 사람들도, 노름꾼들도 조이던 패를 놓고 마당가에 빙 둘러섰습니다. 서울에서 내려온 어린 고손주들은 오랜만에 즐거운 장소를 만난 듯 상여 밑으로 들락거리며, 어머니 상복을 뒤집어쓰며 지팽이를 빼앗아 도망다니고 쫓는 장난을 치고, 마당가에 둘러섰던 사람들 중에서도 울고 싶은 사람은 붉은 탈을 쓰고 상여 뒤를 따라다니며 맘놓고 아이고오 아이고오 소리를 찾았습니다. 빈 상여놀이가 벌어질 때마다 술 취해 턱없이 울어대던 정규 아재는 오늘도 술이 고주망태가 되어 지팽

이로 땅을 치며 생소리로 아이고 아이고를 뚝뚝 끊어가며
울었습니다. 정규 아재가 상여놀이 마당에 뛰어들어 오만
가지 몸짓으로 바락바락 악을 쓰며 울기 시작하자 판은 무
르익어, 발을 동동 구르며 허리를 꺾으며, 사람들은 눈물을
찔끔거리며 웃기 시작했습니다. 술만 취하면 아무 자리에
서나 어깨춤을 추시는 아랫집 큰아버님은 상복과 건을 쓴
채 오늘도 상여를 껑중껑중 둥개둥개 맴돌며 허이! 허이!
소리를 질렀습니다. 커다란 상여 그림자와 사람들의 그림
자가 지붕을 덮고 여기저기 흔들흔들 너울너울 슬픔에 젖
어들어가기 시작했습니다. 마루, 부엌, 헛간, 담 너머 사람
들이 슬픔을 찾아 젖어들어가자 캄캄한 앞산 뒷산이며 마
을의 집들이며 나무들이 사람을 따라 너울너울 어노어노
흔들리며 슬픔의 배를 타기 시작했습니다. 세상을 싣고 배
는 바다로 떠나기 시작하고 사람들은 자기의 슬픔으로 빠
져들어 잠겼다가 모두의 서러움으로 합쳐져 슬픔은 모닥
불로 훨훨 붉게 타올랐습니다.
　어매 어매 불쌍헌 우리 어매
　불쌍허요 불쌍허요
　우리 어매가 불쌍허요

인생살이가 불쌍허요

어매 어매 우리 어매

우리 어매가 떠나가네.

목을 놓아 울며 어머님은 상여를 붙잡고 구슬프게 노를 잡아 저어가기 시작했습니다. 어찌나 서럽게 울던지 담 너머 아낙네들은 코를 팽팽 풀어 치맛자락이나 담벼락에 닦으며 붉은 탈의 얼굴들이 눈물에 젖어 반들거리기 시작했습니다. 어머님의 슬픈 배는 출렁출렁 밤바다로 노를 저어가며 거칠고 험한 파도를 넘어가다가 다시 잔잔한 바다를 순조롭게 나아가다가, 멀리멀리 저승까지라도 가겠다는 듯이 점점 더 구슬프게 노를 저어 아득히 떠가며 상엿소리만 울렸습니다. 배는 점점 이승과 멀어지며 너울너울 하늘로 떠올랐습니다. 할머님이 저 멀리 하늘에서 하얀 옷을 입고 평소에 굿을 하시던 것처럼 덩실덩실 어머님을 이끌어갔습니다.

배가, 상여놀이 마당을 실은 배가 불티처럼 이승에서 깜박깜박 사라지려 하자,

“아이고 숨 넘어가겄네

나도 인자 고만 울랑만

나만 며누리간디

나 혼자만 울고 있었당게⋯⋯” 하시며 어머님이 느닷없이 곡을 뚝 그치고 얼른 부엌으로 들어가버리는 바람에 상여와 모든 사람들은 우뚝, 딱딱한 땅으로 뚝 떨어져버렸습니다. 사방의 탈들은 슬픔이 뚝 그치고 표정들이 딱 멈춰지더니 한참을 멍해하다가 와르르 폭소를 터뜨리는 바람에 탈바가지들이 붉은 사금파리처럼 부서져 흩어지며 불길로 치솟아올라가 버렸습니다. 눈물로 범벅이 된 채 부서진 탈들을 날려버리고 사람들은 초상마당의 본얼굴을 찾느라 부산해졌습니다.

다시 마당가의 사람들은 여기저기 제자리로 흩어져, 노름꾼들은, “패 돌려 패, 누구 잡을 차례지” 하며 자리를 잡고, 윷이야! 모야! 윷판이 벌어지고 부엌은 부산해지며 상주들과 사람들은 열을 올리며 끊어진 이야기들을 주섬주섬 이어갔습니다.

“참 내, 난 통안이떡이 참말로 우는 줄 알았당게. 자, 한잔씩 들어, 서울 산다는 것이 꼭 도깨비 바닥이여” 어쩌고 저쩌고 술잔들을 돌렸습니다.

팥죽이 끓여져 여기저기 서고 앉아 후루룩후루룩 팥죽

들을 마신 후 여기저기 쓰러지고, 더러 자기 집으로 돌아가고 초상마당은 한산해지기 시작했습니다. 헛간과 골방 노름꾼들이 이마를 맞대고 앉아 정신없이 패들을 돌려 조이고 오랜만에 뜨겁게 불들이 지펴진 이 방 저 방에는 오랜만에 함께 모인 사촌들이 "죽어도 고다 고"를 찾고, 방마다 친척들이 어지럽게 흩어져 상복을 입은 채, 건을 쓴 채 잠들어갔습니다. 작은 상주인 아랫집 큰아버지는 술이 취해 할머님 영호 앞에 잠이 들고 늙으신 큰아버지 홀로 멍석 위에 앉아 할머님을 지키고 계셨습니다. 이따금 노름패들의 술과 국을 떠다 주느라고 어머님의 잠먹은 소리가 조용조용 들리고 모닥불은 나무가 거의 다 타 잉그럭만 남아 이글거렸습니다. 이따금씩 노름꾼들이 내게로 와서 돈을 빌려 갔습니다. 돈을 잃어버린 사람은 패들 밖에 아무렇게 쓰러져 잠들고 꾼들은 패를 조용조용 거두고 조용조용 깔아 조였습니다. 패를 깔고 조이는 노름꾼들 밖에서 밤은 깊어지고 새벽이 다가오고 있었습니다.

어둠의 끝에서 날이 새기 시작하자 이 방 저 방에서 두세두세 뿌시뿌시한 얼굴로 잠을 쫓아내며 사람들이 일어나고 아침밥들을 서둘러 먹고 상여가 꾸며지기 시작했습니다.

상여는 회관을 지나 정자나무 밑에서 거리제를 끝내고 강길을 따라 어노어노 풍경소리를 울리며 강길을 갔습니다. 산천은 푸르러지고, 어머님은 이틀이나 울어서 쉰 목소리로 상여채를 붙잡고
어매는 좋겠네
어매는 좋겠네
다 살고 죽었웅게
어매는 좋겠네
어매 자식 만나로 강게
어매 남편 만나로 강게로
어매는 좋겠네
구슬프게 강물을 출렁이게 하고, 머리가 허연 큰고모는 어매어매 하며 눈물 없는 메마른 울음을 울며 새끼줄에 노잣돈을 걸었습니다. 동네 사람들은 여기저기 오게오게 모여 서서 눈물들을 흘렸습니다.
살아생전 고인에게 잘못한 것이 있으면 후회에 울고, 잘했으면 정으로 더 서러운 것이 죽음이어서 맑은 햇살 속

사람들의 눈물은 이 산천의 눈물처럼 깨끗하고 강물처럼
가난했습니다.

  상여는 강길을 벗어나 논두렁 밭두렁을 넘고 넘어 산으
로 산으로 험헌 산으로 올라갔습니다. 논밭두렁을 넘고 가
시덤불을 헤쳐 넘을 때마다 상여꾼들이 떼를 쓰면 상주들
은 새끼줄에 돈을 걸었습니다.

  올라가세 올라가세
  태산준령을 올라가세
  북망산천을 올라가세
  오늘 해는 여기서 놀고
  내일 날은 어딜 가나
  어노어노 어어노오
  인저 가면 언제 오나
  명년 삼월 돌아오지
  올라가세 올라를 가세
  어노어노 어어노오
  북망산이 머다더니

건넛산이 북망일세
어어노 어어노 어어노오
저승길이 먼 줄 알았더니
대문 밖이 저승일세.

상여는 봄볕 따사로운 산으로 길을 내며 올라갔습니다. 상여가 지나간 자리마다 어린 보리들이 새파랗게 쓰러지고 묵정밭을 지나 가시덤불 밭두렁을 넘을 때마다 상엿소리는 더 구슬퍼지며 종이꽃이 찢어져 산딸기꽃 맺힌 가시마다, 찔레순 돋은 찔레가시마다 걸렸습니다. 햇빛 좋은 산허리를 지나는 상엿소리가 동네와 아주 멀어지고 아득해지자 동구 밖 몇몇 사람들의 빨간 얼굴이 흩어졌습니다.

상여 뒤에 처져 누이들은 쭈그려앉아 돋아나는 쑥이나 나물들을 뜯기도 하고 하얀 싸리꽃을 꺾어 들기도 하며 서울에서 온 손녀딸들은 돈 주고야 사먹는 나물을 뜯어 “천원어치는 되겠다야” 하며 천원어치의 나물과 맑고 깨끗한 햇볕이랑 하얀 상복 치마에 싸 담았습니다.

땅이 파헤쳐져 붉고
사람들은 쓰러지며

다사로운 봄볕에 취했습니다.

관 위에 흙을 던질 때마다
무덤 속을 따라들어갔던
햇살들이 쫓겨났습니다.
할머님은,
그 좋은 햇살 한줌 쥐지 못한 채 묻히고
큰아버님은 관을 다 덮고
따독따독 흙을 밟았습니다.

　동네 사람들은, 내 눈에 흙 들어가기 전엔 절대 못 판다
는, 이제는 묵어 쑥대만 우북한 선산 삼밭머리 생땅을 붉
게 파 산을 눈 띄워 할머님의 눈에 흙을 넣고 할머님 눈과
산의 눈을 고스란히 감겨가며 뗏장을 둥그렇게 얹었습니
다. 여기저기 무덤들 속에 할머님의 무덤은 새로 둥그렇고
평화스럽게 드러나고 상주들은 상여가 왔던 길을 되짚어
자기 발자국을 찾아 디디며 뒤돌아보지 않고 내려갔습니
다. 가시덤불 묵정밭들의 길과 논밭두렁을 걸으시는 일흔
이 넘으신 큰아버지의 샛노란 삼베상복은 푸른 보리밭들

속에 유난히 호젓했습니다.

　사람들은 죽어
　산으로 가고
　마을은 텅텅
　비어가고.

　큰누이와 작은누이와 뒤떨어져서 나는 돌아왔습니다.
할머님이 강 굽이굽이 논밭 구석구석 숨을 거두어 모아 풀
어버린 숨결 같은 진달래가, 핏빛 진달래가 죽은 이의 숨
결이 돌아오듯 피어나고 있었습니다.
　진달래꽃 피는 산길로
　사람들이 흙을 털고
　길게길게 취해 하산하고
　할머니 굽은 등 같은 산굽이를 돌며
　물은 끊임없이 흐르고 있었습니다.
　장지로부터 마지막 사람이 떠나자
　산이 우뚝우뚝 솟고
　우두둑우두둑

산의 뼈마디 소리가 들리며
잠깐 동안 산이 부산해지는 소리를
나는 들었습니다.
할머님의 손과 발, 온몸이
다 닳은 이 산천에
봄이 오고 있었습니다.

할머님의 주검마저 없는 집엔 하나씩 하나씩 사람들이
객지로 뿔뿔이 흩어져나가고 동네는 며칠 전으로 한산하
게 돌아가고 있었습니다. 나머지 늙은 어른들 두엇이 영호
를 새로 짓고 서럽도록 맑고 가난한 햇빛 좋은 황토흙 마
당에 흩어진 물건들을 제자리로 치웠습니다. 시꺼멓게 그
을린 집과 금간 흙벽 여기저기 헛간 구석마다 나뒹구는 녹
슨 연장들과 등태 없는 지게들, 밑동 썩은 절구통과 비 맞
아 삭은 덕석과 맷방석들, 녹슬고 부서진 경운기 부속들,
무엇보다도 우리 어렸을 적 할머니와 화로 곁에 모여앉아
놀았던 벽 무너진 쇠죽방을 쳐다보며 나는 쓸쓸해 견딜 수
가 없었습니다. 어린 손주 하나가 소주병에 덜 핀 진달래
몇송이를 꽂아 할머님 사진 앞에 놓고 있었습니다. 주름살

투성이의 얼굴과 움푹 파인 볼에 진달랫빛이 물들었다가
사라졌습니다. 뒷산 귀목나무 까치들이 울며 푸드덕 날아
가며 까치 그림자가 마당을 훨훨 지나갔습니다.

　　마을은,
　　봄날의 부산했던
　　강변 작은 마을은
　　조용하고 맑기만 했습니다.
　　꽃밭등의 저녁 햇살이
　　눈부시게 사라지고
　　비질해놓은 마당에는
　　비질 자국마다
　　산그늘이 내리며
　　서럽게 해가 뚝 떨어졌습니다.

　　나는 할머님의 헌 옷이며, 베로 기워 다시 회부대로 더덕
더덕 바른 시집올 때 가지고 온 모집짝이며 바느질 그릇,
헌 신이며 때 지난 옷가지며, 헌 담뱃대를 뒤적뒤적 뒤적
거려 태우며, 태울 것밖에 없는 할머님의 일생을 더듬어

다시 뒤적거리며 이 작은 산천을 둘러보았습니다.

　해 저문
　뒷산이 내 등을
　내려다보고
　나는 강물을 내려다보며
　흘러가는 강물에
　울었습니다.

　마지막으로 머리가 허연 고모님이 징검다리를 건너 희
끗희끗 어둑어둑 풀 우북한 산 아래 강길을 따라가고 있었
습니다.

　불빛이 앞산을 비추며
　강 깊이 가만가만 환하게
　타고 있었습니다.
　'애야, 내가 죽으면
　내 간을 꺼내보거라
　내 간이 있는가 녹아부렀는가.'

섬진강 25
아버지

사람이 해 아래서
수고하는 모든 수고가
자기에게 무엇이 유익한고
한 세대는 가고
한 세대는 오되
땅은 영원히 있도다
해는 떴다가 지며
그 떴던 곳으로
빨리 돌아가고
——전도서 1 : 3~5

아버지,
그렇게도 꽝꽝 언 땅 녹고
뜬 땅 가라앉아
아름다운 아버지 산천에
강물이 녹아 흘러오고
파릇파릇 새순들이 돋아납니다.
아버지께서 하얀 눈 위로
길도 없이 가시던
저 산 가시덤불
종이꽃 걸린 찔레나무 찔레순도
푸른 눈을 틔우고

큰골 작은골에 진달래
앞산 꽃밭등 살구꽃도 붉습니다.

지난 겨울,
아버님의 제상이 금세 차려지고
어머님의 곡성은
꼭두새벽
하얗게 언 강을 부풀리며 울렸습니다.
저 추운 강길을 보시며 어머님은,
얼마나 먼 길이길래
어디가 걸렸기에 못 오는가 이 사람아,
그렇게 발이 닳도록
밤낮으로 오가던 길
어디가 막혔기에 못 오는가 이 사람아,
많이 묵소 많이 묵소
많이 묵고 편히 가소
쎄빠지게 농사진 밥
쌀밥 한그릇 못 먹고 가더니
어디가 걸려 못 오는가

불쌍허네 불쌍허네
이 무정헌 사람아
자식새끼들 못 잊어
어치게 갔는가 이 사람아
허망허네 허망혀
목놓아 우실 때
아버지,
아버님은 언 강을 건너
빈 산을 끄덕끄덕 오르고 계셨고
다시 보면
바작 가득 거름을 지고
산길을 오르시다
산허리에 한숨 돌려 쉬시며
동네와 우리집을
보고 계셨습니다.

아버지
꽃상여로 정든 집을 나서서
텃논이며 텃밭이며

텃밭가 뽕나무
자고 일어나 보면
언제나 유유히 흐르며
아버님을 적셔주던 강물
하루에도 몇번씩 건너던 징검다리며
아버님의 다정한 이웃들을
하얀 눈 위에 두고 떠나실 때
아버지께서
이 산 저 산
저 깊은 뻐꾸기 우는 산속에서
하나하나 베어날라 지으신
아버님의 집
기둥나무며 마룻장이며
아버지의 숨소리와 손때가 묻은 집나무들,
이제 가면 언제 오나,
북망산천이 먼 줄 알았더니
대문 밖이 북망일세
워낭소리 구슬플 때,
하얀 눈 쌓인 집 서까래 끝을 보며

나는 눈 위에 엎디어
섧게 울었습니다.
왜 그렇게도
눈 쌓인 집 서까래 끝이
서러웠었는지요.
강변 느티나무를 돌아
도롱곶 논밭길을 지나
눈 쌓인 청청한 솔숲
하얀 눈가루를 털어 날리며
길도 없이 가시던 아버지
언제 둘러보아도
저 서러운 산천의 논과 밭
어느 밭 한뙈긴들
아버님 손길 발길
안 스친 곳 있겠습니까.
그 산천에 또 봄이 왔습니다 아버지.

아버지,
노을이 붉게 타고 있습니다.

들을 뜨지 마십시오.
저렇게 노을빛이 강변에 타고
내가 이렇게 걷노라면
언제 보아도 정에 겨운
일하시는 아버님과 어머님의 모습,
언제 만나도 반가운 강물이
저렇게 노을 속에
잔잔하게 출렁입니다.
아버지,
새로 봄갈이 해논
강 건너 밭에
포슬포슬한 흙이
눈부시도록 곱고
밭가에 지게와 쟁기가 보입니다.
어머님은 이제 밭 돌멩이들을 주워
노을 타는 강물에
툼벙툼벙 던져
노을을 부수며
밭가를 나섭니다.

아버지,
아버님이 안 계시고 오는 봄에
아버님의 논과 밭은 유난하고
새삼스럽습니다.
아버님이 살아 계실 때
아버님은 쟁기 지고 소 앞세우고
어머님은 머리에 무엇인가를 꼭 이고
뒤따르시던 강길
그 아늑하고 정다운 강길을 보면
나는 언제나 가슴이 설레었고
아버님 곁으로 부산히 가
소 고삐를 받아들고
강물을 건너곤 했지요.
아버지, 저 강길
키 큰 옥수수며 수수
참깨 들깨며
달 뜨면 하얗하던 메밀꽃밭
철철이 강길을 벗어나고

들어서며 나는
물소리에, 들깻잎 냄새에
달빛에, 어스름 저녁 연기에
강가 느티나무 잎 피고 짐에
언제나 새로 태어났습니다.

아버지,
아이고 내 가슴이여,
아이고 내 가슴이야,
아이고 나 죽겠네 어머니!
마지막 몸부림으로
당신의 한평생을 굽이굽이 모아
숨결 풀어버리시던
아버지의 머리맡,
그렇게도 못 잊어 사랑하셨던 당신의 자식들
그렇게도 사랑하셨던, 목메어
당신을 부르시던 우리들의 어머니
가네 가네, 규팔이가 가네
울먹이시던 큰아버님의 음성이

아버지의
그 숨결과 함께 물결쳐 오며
내겐 늘 새로운 슬픔으로
물가에 서서
목메게 하고
아버님이 풀어버리신 그 숨결이
물결쳐 오면
아버지 아버지 부르며
나는 눈시울을 적시곤 합니다.

아버지,
숨결 멀어지시던
아버지 머리맡 넘어
푸른 보릿잎은 넘실거리고
노을이 활활 타오를 때
아버님은 힘껏힘껏
땅을 내리찍으시며
아버님은 벌써
그리운 당신의 땅

논에 가 계셨습니다.
아버지,
아직 해가 남았습니다.
논을 뜨지 마십시오 아버지.
내가 어렸을 적
보리밭 이편 논두렁에서 나는
이름 모를 풀꽃들을
주먹 가득 뜯으며
등뒤에서 쿵쿵 땅 찍는 소리를 들으며
배가 고파서
아버지 가,
아버지 집에 가, 조르면
허리를 길게 펴시고
오냐, 간다 간다 하시면서도
노을이 점점 사위어
어둑어둑 어둠이 내려도
괭이질을 하시던
아버님의 그 어둑한 모습은
크고 힘차 보였었습니다.

아버지께서 바작 풀짐 위에 나를 얹고
들길을 걸으실 때
나는 이 작은 강변 마을의 산이며 강이며 논밭을
둘러보며 풀꽃들을 추렸었지요.
아버지,
나는 그때 얼마나 아버님의 등이
편안하였었는지요.
그것은 진정 끝모를 아늑함이었습니다 아버지.
강가에 앉아 쉬시며 땀 씻으실 때
아버지의 등에 파인 푸르딩딩한
지게 자국과 어깨의 짚 자국은
풀꽃 그늘처럼
지금도 내 가슴에 패어 있습니다.
아버님께서 징검다리를 건너실 때
나는 주먹 가득 쥔 풀꽃들을
강물에, 저 흘러가는 강물에
흘렸었지요.

봄엔 고춧거름 지고 가서서

한해 묵은 나무 지고 오시고
그 멀고 험한 큰골 작은골에서
저 들까지 풀 져나르시고
여름엔 빈 지게로 가서서
풀 한짐 가득 베어오시고
가을엔 보릿거름 지고 가서서
나락 한짐 지고 오시고
겨울엔 빈 지게로 가서서
나무 한짐 지고 오시고
달 뜨면 밤나락
새벽엔 보릿짐, 깔짐
그렇게 아침저녁 밤낮으로 오가시며
짐지고 보내신 한평생
길바닥에 돌부리 하나
길가에 풀 한포긴들
마음 주지 않은 것 있었습니까.
지금 그 강길을 어머님 홀로 걸으십니다.
내 철없던 날들,
땅이 꺼지게 짐진 아버지를

강길에서 만나면
내 가슴은 천근만근 무거웠고
짐진 아버지를 따르며
나는 괴로웠습니다.
내가 철이 들어
아버지 짐을 받아 지고 걸으며
아버지, 아버지의 삶은 결코
억울하고 뼈아픈 삶만은
아니라는 것을 믿게 되고
아버지와 같이
마음 편하게 강가에 앉아 땀 식히며
물끄러미 바라보시던 저 강물을
나도 따라 보며
그 끝모를 아버지 삶의 깊이를 재고
흐를수록 깊어지고
흐를수록 넓어지는 강물의
가장 밑바닥에서 나는
사랑과 평화와 믿음
알 수 없는 자유의 무서움으로 깨어나며

발 디딜 곳 없는
강변의 풀꽃들을 바라보며
눈부셔했습니다.
아버지,
때로 나는 이렇게 해가 지는
강물을 따라 걸으며
흘러가고 흘러오는 강물을 보며
누구나 한번 오면 가기 마련이다,
사람이 살았달 것이 없능 것이여,
사람 세상 사는 일이 금방이여,
너무 서러워들 말라시며
마지막으로 우리들을 올려다보시던
그 평안한 눈길을 생각하며
나는 이따금씩 새로움으로
이 산천을 둘러보곤 합니다.
아버지,
숨결 멀어지시던 당신의 머리맡에
온갖 세상사가 다 무슨 소용이었겠습니까.
사는 것이 무엇이며

사람의 목숨으로
무엇을 이룬다 하겠습니까.
다만,
죽음 또한 삶의 한 일이어서
아버님이 몸 비벼 살아오신
이 작디작은 마을의 논과 밭과
아름답고 슬픈 강산이
이렇게 남겨짐을 보았습니다.
아버지,
아버님은 지금도 저기 저 강변길에
풀바작 지고 소 앞세우고
아침저녁으로
오고 가십니다.

아버지,
돌덩이같이 차가운
아버님의 이마를 만지며
나는 울었었습니다.

아버지,
아직 노을이 논 귀퉁이에 남았습니다.
들을 뜨지 마십시오.
아버지께서 흙 두들겨 뿌려논 보리들이
불쌍한 보릿잎들이 바람을 탑니다.
오냐, 내 아들아
눈이 오나 비가 오나
봄과 겨울이 골백번 바뀐들
내가 죽었다 한들
이 들을 어찌 뜨겠느냐.
내가 죽어도
내가 설 땅이, 내가 눌 땅이, 내가 쥘 흙이
여기말고
이 흙말고 해 아래
어디 또 있겠느냐
내가 이 땅의 임자이니라.
아버지,
노을은 점점 사위고
산 사람인 내가 논두렁을 일어서서

산의 어깨를 내려와
들 끝에서 밀려오는 어둠에 젖습니다.
어둠에 촉촉이 젖으며 나는
비로소
아버님의 논에 뿌리내리고
어머님의 강물에 가 젖습니다.
어두워져오는 강물을 보며
서늘하게 개어오는
이 맑은 피로
눈뜹니다.
아버지와 아버지들이 살아나오신
저 수천년 끈질긴 삶을 밟고 디디며
아름답게 살아오신
당신들의 그 깨끗한 생명은
죽어도 죽지 않고
이 산천에 늘 새롭게 되살아남을 봅니다.

아버지, 어둠이 짙어지고
들판을 펼치며

우뚝 솟아오르는
깃치는 회문산을 봅니다.
먹고 싶은 것 입고 싶은 것
몸부림치고 외치고 싶은 것
어느것 하나 제대로 가지신 것 없이
아버님은 가셨으나
저 논밭 또한
이렇게 내 앞에 남았습니다.
사람 하는 일이 맘과 뜻대로 되지 않고
사람 사는 일이 억지로는 되지 않아
금방 무덤 하나를 이루는 일일지라도
우리 논밭을 지키며
아이고 내 가슴이야,
아이고 나 죽겠네 어머니!
어머니 외쳐부르며
마지막 몸부림하시던
아버님의 몸부림이
저 빈 들에 우리들의 몸부림으로
내 몸에 감깁니다.

이 겨레가 생긴 이래
의인들이 목숨을 던져
나라를 지킬 때
아버님들은 이 땅의 논밭에서
곡식으로 나라를 지키며
의롭게 싸우셨습니다.
아버지,
이 땅의 의로운 이들의 무덤은
아버님의 무덤처럼
아직 이름 없이 남아
이 땅을 이 땅으로 지키십니다.

이제 날이 저물고
저녁 연기 오르며
산자락에 불꽃들이 살아납니다.
어머님의 솥뚜껑 여닫는 소리가 들리며
밥냄새가 코끝을 스쳐
나는 배가 고파옵니다.
이맘때쯤,

어머님은 어디서 워낭소리만 들려도
징검다리에 나뭇짐만 보아도
허드렛물을 논배미에 버리며
앞산 앞내를 보며
아버님을 얼마나 그리워할까요.
아버지,
사람이 한번은 누구나 왔다가 갈 길일지라도
어머님은 남은 평생 잇성 아버님이 걸리시고,
지겟작대기 하나만 치우시다가도
아버님을 생각하실 것입니다.
모든 이야기들이
아버지에게 시작되고 이어지며
아버지로 끝나고, 끝에서는
또 얼마나 긴 한숨을 몰아쉴까요.
논밭 가는 곳마다 아버님의 흔적들,
묶어놓고 베어놓은
나무며 풀주먹들
일하다 함께 앉아 쉬던 밭가 바위들이며 밤나무 밑
논밭 귀퉁이

애지중지 가꿔논
애송 감나무와 밤나무들
감 밤이 주렁주렁 열리면
어머님은 일손을 놓고
또 얼마나 목이 메어할까요.
눈물 풀물 든 아버지의 헌 옷가지들을 보시며
이런 일 저런 일들을 떠올릴까요.
아버지,
아버지 부르면
목이 메고
눈물이 솟는
내 곁의 착한 누이들과 아우들이
이렇게 어머니 곁에 남았습니다.

담배가 떨어져도
담배 살 돈이 없어
아버님은 어둔 새벽녘
할머님에게 가만가만 가서서
풍년초를 아무도 몰래 얻어와

문풍지나 신문지, 우리들의 학습장 찢어진 헌 종이로
담배를 말아 피우시며
이 궁리 저 궁리
이 걱정 저 걱정으로
날 밝기를 기다리시다가
창호지문이 번해지기가 무섭게
새벽일을 나가시던
아버님 모습이 눈에 선하다고
어머님은 아버지 영호에
담배를 태워놓으시며
눈물바람을 하시곤 합니다.
아버지,
아버님이 살아나오신 세상의 굽이굽이가
어찌 그 일 하나만으로만 서럽겠습니까.
그리고 또 어찌
아버님만 그러셨겠습니까.
저 앞산 앞내와 전답들이
끝없이 슬픔이 솟아나는
서러운 땅입니다.

어느 봄날
아버지가 점심때가 되어도 오시지 않아
나는 주전자에 라면을 끓여
뒷산 허리를 돌아
아버님이 지금 묻히신
솔나무 숲에 갔었지요
깊은 산속
솔나무 아래 진달래는 곱게 피어 봄불처럼 타는데
아버님은
나뭇짐 아래 앉아
담배를 태우고 계셨습니다.
아버지,
그 산속 아버님이
라면을 훌훌 드시며
식은땀을 흘리시던
당신의 몸뚱어리, 빚으로
골병 들어버린 당신의 외로운 몸과 마음을 보며
먼 산빛을 보며

진달래꽃 가지를 툭툭 부러뜨리며
나는 울었었습니다 아버지.

글은 혀서 뭣헐 거냐
시가 다 뭣이다냐
이 나라 대대손손
글 배운 자들이
이 땅에 저질러논 일이 대체 무엇이며
이 나라 백성들에게 한 일이 뭐 있냐
다 헛짓이다 헛짓이여!
호령허시며
땅을 쿵쿵 찍고
산 같은 짐을 지고
산길을 내려오시던 모습이 떠오릅니다.
아버지 일어서십시오
아버님들이 짊어지신 당신들의 땅을 짊어지고
벌떡
저 저문 산처럼 일어서십시오
아버님이 살아생전

새벽 산빛을 깨치며
아침을 데리고 산길을 걸어오시고
산굽이를 돌아오시던 것처럼
한번만, 다시 한번만 강을 건너십시오.
그러면 이 땅에
버릴 것과 남을 것이
추려지고 가려져
저 강물에 뜨고
곡식 자랄 아버지의 땅만 남을 것입니다.
아버지,
그리운 아버지의 땅을 찍어 일구겠습니다.
아버지의 목소리가 숫을 때까지
아버지의 땅울림이
쩌렁쩌렁 이 땅 끝까지 울릴 때까지.
그러면 아버지
지금 저기 핀
아버지의 몸과 마음을 스친 풀꽃을
꽃이라 부르겠지요.
이 땅 끝, 끝까지

저 하늘, 저 끝까지
아버님의 땅임을 보겠지요.
그날,
그날이 올 것을 나는 믿습니다 아버지.

몸이 아파서야
아스팔트길도 달려보시고
택시도 타보시고
이층도 올라가보신 아버지
아버님이 죽어 짊어지신 땅
아버님이 짊어지고 다니시던 이 나라
비로소 나는
죽어도 죽지 않고 살아 있는
사람의 세상을 봅니다.
아버지,
아버지가 계신 곳은
춥지 않은 곳이었음 좋겠어요.
어둡지 않은 곳
배고프지 않은 곳

동족간에 총부리를 맞대고 으르렁거리지 않는 곳
한해 농사지어 공판하면서
수매값을 빚으로 다 까버리는
그런 서러운 곳이 아니었음 좋겠습니다.

늘
산 보면
산이 나 같고
내가 산 같고
들 보면 들이 나 같고
내가 들 같고
물 보면
물 또한 그래서
모두 하나같이 나 같은 땅.

아버지,
온몸으로 살아오신
이 작은 강변 마을
굽이굽이 물소리 높고 낮으며

골짜기 골짜기마다 철철이 꽃피는 곳
강길 산길 따라 굽이굽이 논밭길
수수 익고 감자 익고
보리 익고 벼 익는 길
늘 기쁨과 서러움이 새로 태어나는 길
늘 걸어도 늘 그립고 정다운
동구길 느티나무 아래
우리집이 보이는 곳
불빛을 따라
오늘도 나는 어두워 들어서며
새로 아버지의 세상에 태어납니다.

섬진강 26
밤꽃 피는 유월에

어이, 이 사람
자네 죽어 밤꽃 피는 유월의 산
거기 둥그렇게 잠들더니
내 죽어 밤꽃 피는 유월의 산
여기 묻혀
살아서나 죽어서나
우리 서로 바라보겠네.
여기 나서 자라 농사지으며 늙어
죽을 때까지
자네 그 산 거기 나무하고 풀하고
곡식 뿌려 거두며
어이! 담배 한대 태우고 일허세,
어이! 쉬었다 허세,
서로 부르면
감나무 아래 밭가 바위에 앉아
땀 식히고 담배 태우며
숨 몰아쉬고
서로 바라보다 다시 일허고
해 저문 징검다리에서 만나면

헌 삼베 등지기 땀에 젖어 쉰내 나고
지게 위에 수북하던 풀과 나무
자네 나뭇짐 하나는 참으로
감자 먹고 똥 싼 것처럼 고왔고
내 바작풀 하나는 고봉밥처럼 잘도 쌓았지
우리 징검다리 하나씩 차지허고
웃통 벗어 몸 씻을 때
서로 보던 자네 몸과 내 몸에
푸르게 멍든 지게 자국
죽으면 등태 자국이 먼저 썩는다며
서로 다정히 밀어주던
등과 어깨에 깊이 박힌 짚 자국들.
그 선명허던 옆구리 총알 자국
그 흉터만 보면
자네 그 산에 숨고
나 이 산에 숨었다가
자네 아니면 내 어찌 살았고
나 아니었으면 자네가 어떻게 살았겠냐머
내 옆구리 대창 자국 쓰다듬으며

우린 서로 몸서리치곤 했었지
이제 그 자국들 먼저 썩겠네.

자네가 먼저 일어나면
자네가 날 불러 깨우고
내가 먼저 일어나면
내가 자네 불러 깨우고
그렇게 우리 벗들
앞서거니 뒤서거니
안개낀 새벽 깔 베러 다니던 강변
지금 거기 소들이 개값 되어 매여 있네
어이 이 사람
그때가 참 좋았으이
여기저기 논밭두럭 산골짜기에
새벽일 나온 사람들의 걸쩍한 웃음소리들,
담배가 떨어져도
성냥이 이슬에 젖어도
아쉬 게 없었지
안개에 젖어 그 싱싱허던

징검다리에서 다 만나
몸 씻던 일들
짙은 안개와 바작 위에 풀꽃들
어이, 죽어 보니 인제 그게
참 이쁜 꽃들이었네그랴.

우리 함께 성주하며
상량 올려 떡 먹고 술 먹으며
벽 붙이고 지붕에 얼싸덜싸 흙 얹어
달밤에 모여 나래 엮어
함께 집 이어
집들이 굿 칠 때
우린 모다들 을매나 좋았던가.
그 흙냄새 나던 방은 이제 뜯겨
이 빠진 자국처럼 휑하고
장독거리엔 접시꽃들이 우북허게 하얀허이
우리 함께 모여 지새우던 사랑방 자리와 마당에
지금 강냉이가 저리 원부렁허네
잡풀 우북헌 것이 하도 보기 싫어

내가 그 딴딴한 자네 마당을 파엎었다네
기가 막히데 이 사람아
참 서러웠으이
봄날,
어쩌다 자네 빈 집터를 지나다 보면
꺼먼 부엌자리나 마당에
작은 풀잎들이 돋아나는 것을 볼라치면
나는 눈물이, 눈물이 났었지
그 작은 잡초들을 보며 앉아 있노라면
자네와 내가
한식구처럼 지내던
지나간 일들이 머리를 스쳐
나는 허망허게
앞산을 바라보곤 했었지.
앞산 뒷산 산 곳곳
논과 밭들이 꽉 짜이고
훈짐 나던 동네가 나간 동네마냥
이제 썰렁허기만 허네
농사질 땐 미친 사람들처럼

흙범벅 땀범벅 피범벅 되어
이 논 저 논
윗논 아랫논 모내고 논 매며
세월 가는지 모르게 살며
논두렁에 앉아 못밥 두렛밥
배 터지게 먹고
논두렁에 자빠져 잘 때
내가 봐도 사람 몰골이 아닌 것 같았었지
그저 웬수야 악수야
박 터지고 코피 터지게 물쌈하고 나서도
명절 돌아와
자네 장구 치고 나 징 치며
둥개덩개 굿 치고 나면
우리들은 늘 그만이었었지
자네 그 좋은 발짓 고운 손짓으로
장구 치던 덩글덩글 장구소리
지금도 강에 산에 울리는 듯허이.

다 늙어빠진 동무들은 나를 밟아 묻으면서

우리 살았을 때마냥
소새끼, 돼지새끼 낳은 이야기며
농사 걱정 병충해 걱정
서울 간 아들딸 걱정 빚 걱정들을 허며
내 무덤을 따독거려 만들어가네
그러다가 술이 벌겋게 취허면
내가 땅속에 들었음을 생각허고
어이, 이 사람 편헌 데 가서 편히 쉬소,
사람이 살았달 것이 없다며
붉은 황토를 벌겋게 파뒤집어
둥그렇게 둥그렇게 봉분을 만들고
벌안을 만들어가네
술이 취해
그 가죽만 남은 주름투성이
그 꺼칠헌 수염투성이 땅빛 얼굴로
밤꿀내 나는 저 칙칙헌 유월의 이 산 저 산
우리 정든 산 바라보며
메마른 눈물 삐적거리네
어디 우리가 흘릴 눈물이나 남았는가

산다는 것이 참 금방이여
우리 여기 나서 죽을 때까지
온갖 세상 풍파에 다 시달리며
허리 펼 날 없더니
참 죽웅게 허리 퍼지네그려
우리 살았던 세상 세월
칠십여 평생
참 기구헸었지
우리가 언제 우리덜말고
사람들에게 사람대접 받은 적 있었는가.

무덤을 만들어 벌안을 널찍이 다듬어놓고
사람들이 풀길을 헤치며
길 없이 오더니 길 따라 가네
야, 이 사람아
저 산 좀 보게나
자네와 내가 온 삭신이 부서지게 일구어 짓던
논밭들이 저렇게 높은 데서부터 묵어가고
묵정밭엔 풍년초꽃이 하얀허네.

저게 꽃이라고 생각허면
나는 목이 메었었지
지게목발 두드리며
거름 지고 풀짐 지고
굽이굽이 줄줄이 오르내리던 산길 강길
풀들이 우북허게 길을 메워
인젠 길이 없네
징검다리 건너
몇 갈래로 갈라지던 길들
한 갈래로 모아지던
징검다리들은 물때가 끼어가고
이제 사람들이 드문드문허이
자네랑 나랑 우리 모두
지게 받쳐놓고 쉬던
저 장산 중턱
육이오 난리통에 우리랑 끌려가 죽은 벗의 무덤가에
나뭇짐 받쳐놓고
담배 태워가며
어린 자식들 쌈 붙이고 씨름시키던

그 즐겁던 웃음소리들이
와르르와르르 산골짜기에 울리는 듯허이
인제 그놈들도 다 객지 풍산허고
공일날 아니면 상여 떠멜 사람도 없이
산들이 칙칙해 발길 들여놓을 데 없다네

어이 이 사람
우리 피란 다니다
굴 파고 살던 저 평밭머리
땡감도 떨어지고
물렁감도 떨어진다지만
땡감이 많이 떨어진 이 오뉴월에
자네는 거기 그렇게
언제 불러도
일하다 허리 펴고
정답게 맞부르던 나는 여기
따독따독 묻혔네
아침저녁 밤
언제 바라보고 들어가도

포근하기만 했던 산
기쁜 일 슬픈 일
다 품어주던 산이
죽음까지 묻히니 더 그러허이
어이, 이 사람아
살아 우리가 산 봤더니
죽어 우리가 동네 보겠네
다 보이네
굽이굽이 하얀 강물
그 강물 속 바위
어느 바위 속에 무슨 고기가 들어 있는지도
우린 철철이 훤했었지
이쪽 저쪽 등쌀에 못 견뎌
밤이면 도망가 숨죽여 자던
저 여울목 넓적헌 바위며
소 매던 너른 강변의 돌멩이들
점심 먹고 나와 쉬던
저 듬직헌 느티나무
저녁밥 먹고 나와 잠자던 벼락바위

보릿짐, 달 뜨면 밤나락 지고 걷던 논밭두렁
앞산 뒷산 나무 풀 한포기
칡덩굴 한무더긴들
우리 손발 안 간 데 있능가
자네가 죽어 자네 자리 비어
동네 곳곳이 쓸쓸터니
내가 죽어 또 한자리 비겄네
나를 묻은 사람들이
드문드문 허전허게
우리집에 드는 것이
훤히 보이네
저들 또한 살다가 와서
내 곁에 아니면 자네 곁에 묻히겄지
사람 사는 일이 참 허망허네.

어이 이 사람아
우리 땅속에 들어서야
이제 일 없네그려
허지만 이 사람아

무겁네 무겁네 혀도
살아서나 죽어서나
농사꾼은 그저 흙짐이
제일 무거우이.

섬진강 27
새벽길

가네 떠나가네
찔레꽃 핀 강길을 따라
물소리 따라오는
어스름 새벽 달빛 밟으며
가네
가지를 말라고 가지를 말라고
물소리 따라오며
발목을 잡는
설운 강길을 따라
차마 떨어지지 않는
떨리는 발길마다 채이는
눈물을 차며
강냉이잎 사이 달 같은 얼굴들,
아아, 부서지는데
가네 떠나가네
메밀꽃이 하얗게 피고
깨꽃이 지던 삼밭머리
산굽이 돌아오는
새벽 강물 가슴에 채이는데

아부지 아부지
우리 아부지 지겟짐 뒤따라
새벽길 가네
동네 묻히는 산굽이 돌 때
뒤돌아보면
텃논 보릿잎 위로
웅크리고 서서
울지를 마라 울지를 마라
덤불 같은 우리 어매 손짓에
눈물이 앞을 가려
풀꽃 흐려지는
서러운 길
서울길 가네
어매 어매 나는 가네
말없는 아버지 지겟짐 따라가네
우리 어매 날 낳아
가난한 일 속에 날 기른
헐벗은 젖가슴 같은 산천
뻐꾹새 울어 우거지는데

꽃다운 내 열여섯
보리 패는 새벽 논밭에 두고
새벽차 타러
서울길 가네
내 짐 부려놓고
깔 한짐 베어 짊어지고
새벽길 돌아가는
아부지 아부지
우리 아부지 들길에 두고
기적소리 울리며
만나고 헤어지는
굽이굽이 섬진강 굽이마다
꽃다운 내 열여섯
푸른 물결에 띄우며
서러운 눈물 보퉁이 쓸어안고
기적소리 울리며
서울길 가네
나는 가네.

제 2 부

풀피리

때는 어정칠월 삼복 더위
산에 드나 들에 드나 숨 막히게 푹푹 찌고 삶는 날인디
천구백팔십몇년 퇴비증산 오십일작전지구라 푸랑카드
가 떡허니 걸리니
거 참 작전치고는 요상헌 작전이더라.

그 작전이라는 것을 벌이는디
며칠 전부터
신작로 도랑 치고
신작로 풀 베고
품삯 없이 청소하고
아스팔트길을 내어 농사철에 꽃길 조성,
신작로 가상 논 피사리
신작로 가상 집들 뻥끼칠허기
뭣이 홀비허게 난리덜을 쳐대더니,
아니나 다를까 군수님이 손수 퇴비증산작전을
지휘하러 온다더라.
군수가 오는 날
마을마다 동네마다

그놈의 확성기 소리
왕왕 웅웅 와글와글 시끌벅적
삼동네 사동네가 떠나가는디
당최 뭔 소리가 뭔 소린지 모르겠더라.
풀 한주먹을 베어 들고
귀를 쫑긋 세워 들어보니
군수한테 잘못 뵈면 주민들만 손해보니
민주적으로다가 청소허고 퇴비허고 어쩌고저쩌고
이래라저래라 정신 못 차리게 울려대며
이장 반장 교대로 숨이 넘어가고 군서기 면서기가
교대교대로 숨이 넘어가더라.
한 사람이 이 회원 저 회원이니
회원 회원이 다 모여야 그 사람이 그 사람이어서
풀 벨 사람은 늙고 병든 몇몇이요
무슨 당원 이장에다 반장 개발위원장에다
예비군 소대장에다 새마을지도자 부녀회장에다 된장이니
고추장에다가 순창장 관촌장에다가
임실장 장도 장도 많은 장들은
사타구니에서 방울소리가 나게 이리 뛰고 저리 뛰고

요리 뛰고, 정신 못 차리게 고샅이 불이 나게
뛰어댕기니
어허 저 난리가 무신 난리당가.

소대장 면서기 파견된 군서기 얻어온 차트사
브리핑 연습이 한창이고
새마을복에 예비군복 민방위 복장으로
일사불란 빈틈없이 새마을 길청소.
이 고샅 저 고샅 쓸고 닦고 뻥끼칠허고
빈 집터에 꽃을 사다 심으니
온다 온다 온다던 우리 군수 오는구나
비까번쩍 검정차
먼지 내며 나타나니
지서장에 면장님 조합장에 중대장님 온갖 장은 다 모여
들고
유지들까지 모여들어
후닥닥 옷 고치고 모자 고쳐쓰고
이열로 쭉 "앞으로 나란히" 빤듯하게 서니
어허, 군수님 차에서 내려

쭉—— 한번 둘러보고
배 띠룩 내밀고 들어서며
대충대충 인사하고 악수헌다.
구십도로 열중 차렷
작대기같이 차렷 경례
박수 짝짝

아이고 죽겄네
아이고 죽겄네
풀짐 깔짐 늙은 다리 후들후들 휘청 후들 후들 휘청
논길 산길 힘줄이 땡기고
식은땀이 비오듯 허는디
허여멀건 웬놈이 사진 찍자 줄 서란다
에고 대고 아이고 대고
길 비켜라 이놈아
빨리 찍고 길 비켜라
검은 양복 넥타이에 더웁지도 않느냐
줄줄이 늙은이들이 산길을 내려와 강변에 풀짐을 턱 부
리니

하늘이 노랗구나
땅이 빙빙 도는구나.
이때에,
우리 군수님
오랜만에 청소허고 뻥끼칠헌 마을회관,
'병충해 박멸작전 지휘본부'
'새시대 새질서 새역사'
'간첩신고센타'
현판도 가지가지 새로 색칠혀서 걸어두었으니
군수님 만면에 웃음 띠며
새시대 새질서 선진질서에 창조적으로 수고헌다
이장 반장 기관장 유지들과 우르르 몰려와서
면장실서 가져다놓은
푹신폭신 의자에 떡 버티고 앉아서
앞산 앞내 바라보며
냇물이 좋습네다
평화로운 동넵네다 음풍농월 곁들이고
소 키우면 좋겠습네다
복합영농단지조성

이것저것 주워섬기니
면장 이장 받아적고
아먼 아먼 그러굽쇼 말굽쇼
새마을 시범 마을이요 반공멸공 모범시범 마을입죠
유지님네 기관장들 허리 굽신 고개 끄덕
온갖 것을 꾸벅 끄덕
온갖 아양 다 떠네
선풍기를 돌려가며
대충대충 땀 식히고
글씨 잘 쓴 차트 걸고
계획 잘 된 차트 걸고
구십년대 이천년대 삼천년대
복합영농 기계영농 소득증대 복지농촌
온갖 계획 늘어놓으니
연습헌 보람 있어
마을계획 거창허고
아따따따 장래 한번 훤해 좋네
전망도 좋고 좋네

상황보고 끝을 내고
주스 한잔 벌컥 들 때
백퍼센트 퇴비증산 충성단결 끝을 내니
짝짝짝짝 짝짝짝짝
박수소리 요란허네
고개 끄덕 허리 굽신
허허허허 헛웃음 생색내는 유지 보소
면소재지 얼쩡대며
온갖 위원장 다 뒤집어쓰고
일제시대 일본놈
육이오 때 여기저기
자유당 때 자유당
공화당 때 공화당
민주당 때 민주당
이 당 저 당 댕기며
이 속 저 속 다 보며
기관장과 어울려서
빈들빈들 놀아가며
저리융자 받아다가 도시에다 집 사놓고

사건 나면 뿌로카
이 등 저 등 등치며
벼룩에서 간 빼먹은
빠실빠실 기름종이 유지님네
더럽고 치사허고 아니꼽고 비위 상혀
따라 치는 박수소리
강변에 황소란 놈
먼산 보며 웃는구나.
이때에,
군수님네 운전수님은 거들먹거리면서
물 떠와라 차님 씻겠다
물 떠와라 차님 씻겠다
차를 번득 닦으며
유행가를 틀어놓고
차 만지는 아이들
때 묻는다 쫓아내며
비까번쩍 차를 닦네
비까번쩍 차를 닦네.

우리 군수님네
상황보고 듣느라
목이 타고 컬컬허니
온갖 특산물 다 대령해놓은 정자나무 밑으로 가서
상석에다 차려놓은 보리술
보리술을 마다허고
우리 군수 서민 군수
관민유대 배 내밀고
시금털털 강냉이술
된장에다 고추 찍어 입속에 넣는구나
아작우적 씹으며
어허 풋고추에 된장맛이라 이 맛이 최고지요
아작아작 씹는 꼴이
어색허고 어색혀도
소탈헌 우리 군수 칼라로 사진 짤깍
요정에서 양놈 술
냉장고 속 보리술
계집 끼고 먹던 술
활딱 벗고 먹던 술

가라오께 왜놈 술
룸쌀롱에 양놈 술을 마시다가
막걸리를 마시니
입술이 불키겠네
뱃속이 놀래겠네
우리 군수 얼굴 보소
개기름 낀 얼굴 보소
똥 마려운 인상 보소
술 한잔을 애써 들고
흰 장갑 흰 운동화 흰 모자에 흰 잠바
비서 시켜 대령허고
풀을 베러 가는디
저 거동 좀 보소
이리 뒤뚱 저리 되뚱
저리 뛰뚱 요리 대뚱
뒤뚱뛰뚱 되뚱되뚱
띠뚱 때뚱 가는디
면장 이장 기관장들 줄줄이 유지님들
줄레줄레 쫄랑 굽신

굽신 쫄레 줄레 굽신
면서기들 군서기들
쫄레줄레 따라가니
어허 저것 보소
우리 동네 경사롤세
우리 동네 난리났네.
미리 돌멩이까지 싹 치워논 풀밭에 당도허여
풀 한줌을 베는디
짤깍 한번 사진 찍고
허리 한번 굽힐 때
또 한번 짤깍 찍고
풀을 한줌 안아들고
만면에 웃음 띠고
또 한번 짤깍 찍고
이쪽 저쪽 엉뎅이 쪽
앞에 찍고 뒤에 찍고
옆에 찍고 위에 찍고
뺑뺑 돌아 뺑뺑 찍고
기관장 유지들과 합동으로 몽땅 짤깍

찍고 찍고 또 찍고 찍고 찍고 또 찍네
논물 풀물 모기피
식은땀에 젖어서
쉰내 나는 옷으로 식은땀을 훔치며
구경났네 구경났어
우리 군수 구경났어
사진 모두 짤깍 찍고
정자나무 그늘에 흰 수건 대령허여
비지땀을 훔치고는,
오늘 저녁 밥맛은 꿀맛처럼 달겠구나 말하며
허어 어허 너털웃음 터뜨릴 때
유지 하나 좆등에 사마귀 불거지듯 톡 불거지며
군수님께옵서
풀님을 아주 잘 비십니다 허니
어허, 그런 소리 마시오
나도 농민의 자식이오.

풀베기 시범을 모범적으로 끝내고
마을회관에 주민들을 몽땅 세우니

참 볼 만허다
늙은 어르신네들 몇명
늙은 할머니들 몇명
아새끼들 몇명
땟국에 찌든 몇사람이 줄을 서고
온갖 장들은 앞의 의자에 쪽── 앉으니
주민들보다 장들이 희끈 많더라
하여튼간에
이장님께서 거수경례 인원보고를
충성단결로 보고허니
우리 군수님네
마이크 앞에 떡 버티고 서서
일장 이장 삼장 사장 오장 연설을 까는디
아따, 그놈의 연설 한번 길기도 허다
　　삼복에다 더위이니 지력에다 증진이요, 보릿고개가 없
어지고 바야흐로 선진조국의 문턱에서 식량증산에 녹색혁
명이라, 애국애족에다가 자연보호하고 질서운동 생활화에
여유있는 레저생활 관민유대로 청탁배격 풍조에다 국민정
신개조운동 국가안보에 총력단결로 유언비어 불식이니 의

식개혁운동 허고 경제건설 제2도약 민주정의복지토착화
에 경제안정 일등국민 정의사회 구현에다 선진질서 창조
허니 기계영농 외자도입 외채가 문제없고 팔육 허고 팔팔
허니 안보적인 차원에서 비료 허고 농약 혀서 농지세가 감
면이면 소값이 올라가고 대풍이 예상되어 민의를 파악해
보니 자유민주허고 농자는 천하지대본 하라 구십년대 내
다보니 이천년대가 불쑥 나와서 자가용에 마이카라 해외
여행에 자율화허니 세계는 한국으로 한국은 세계로 열리
니 참고 참고 또 참자 물가 오름세 심리를 꽉 잡고 잡아당
기니 외채가 절감하야 소비절약허고 근면 검소 저축이니
수출대국 다국기업, 북한이 꼼짝 못허니 민족평화통일이
코앞에 있더라 새마을 활성화에 지엔피가 올라가니 문화
창달 일등국민 한도 끝도 없구나
　숨 넘어가네 숨 넘어가
　때꼬장물 등에 흐르고
　아새끼들 코 훌쩍
　얼굴에 땀투성이
　숨 넘어가네 숨 넘어가
　우리 군수 숨 넘어가

숨 넘어가네 숨 넘어가
"꼴까닥"
아니, 저것이 무신 소리여
마른침 넘어가는 소린개비여
아녀 저 비지땀 좀 흘리는 것 봐
아녀 마른침 넘어가는 소리여
근디,
저 소리가 무신 숨 넘어갈 소리디야
앞산 바위 떨어져 굴르는 소린개비여
아녀, 그게 아녀
저 소리가 로스안젤라스 금메달 땄다는 소리여
아녀, 그게 아녀
저 소리가 동학당 창궐혔다는 소리여
아녀, 그게 아녀
삼일만세 터졌다는 소린개비여
아녀, 아니랑게
사일군가 뭔가 터졌다는 소린개비여
아녀, 아니당게
서울대학 데모 터졌다는 소리여

최루탄 터졌다는 소리여
조용필 백분쇼 소리여
아녀, 아니랑게
어떤 노동자가 분신했다는 소리여
서울 미문화원 불났다는 소리여
아녀, 아녀, 아니랑게그려
그러면 무신 소리여
쌀금 소값 올라간다는 소린개비여
아녀, 아니랑게, 아녀
장영자와 그 거시기,
돈 먹고 설사 터졌다는 소리여
아녀, 아니당게
김지하 똥바다 허는 소린가
아녀 아녀 아니당게
광주에서 또 뭔 일 터졌다는 소리당가
아녀 아녀 아니랑게
아녀 아녀 아니랑게
레이곤 소련 간다는 소리여
나까소네 미국 갔다는 소리냐

아웅산 폭탄 터지는 소리냐
칼기 추락했다는 소리냐
임실 김철호 수갑 찼다는 소리냐
아니랑게 아니랑게 아녀 아니랑게
그러면 저 숨 넘어가는 소리가 무신 소리대야
임실 진안 부안 소쌈 났다는 소리여
아녀 아녀
체육부 문교국 정책 소리냐
미국 짝사랑에 우는
양갈보 울음소리냐
그러면 저것이 무신 유얀비야냐
유얀비야가 아니고 유언비어다
아녀, 아니랑게 아니당게
그러면 저 소리가 무신 소리여
밥 빌어다 죽 쒀 묵자는 소리여
아녀 아녀
아니당게 아니당게
아니랑게 아니랑게 아녀 아녀 아니랑게
그나저나 살판났네 살판났어

우리 군수 일등군수
우리 군수 선진군수
숨 넘어가며 살판이야.
빛은 져도 큰소리
생각허면 아뜩헌데
우리 군수 살판이여
매미소리 시끄럽고
헛기침만 나오는디
우리 군수 복지군수
이그 이그 더워라
아이그그 배고파라
아침밥도 안 먹고
복지사회 되얐으니
늙은 다리 더 아프고
하늘이 샛노랗고 돈짝만허니
충효사상 더럽구나
노인 우대 더럽구나
머리가 어찔어찔
다리가 후들후들

앞산 뒷산 핑핑 돈다
늙은것들 모아놓고
이 무슨 선진 타령이여.

숨도 못 쉬게 일장연설을 끝내고
금일봉을 전달하며
다시 한번 사진 짤깍
상금 주며 또 한번 짤깍
박수 치며 다시 짤깍
아따따 더럽게 사진도 많이 찍네 짤깍
백만원 상금 타서 복지마을 세우라며
신신당부헌 후에
손 한번 번쩍 들어 휘휘휘 내저을 때
또 한번 사진 짤깍 찍고
이장 싣고 면장 싣고
평통위원 함께 싣고
코 싸쥐며 내뺄 때
이 동네 저 동네 삼동네마다
확성기에선

좋아졌네 좋아졌어
초가집도 없애고 마을길도 넓히고가 끝나고
아아 대한민국이 울려퍼지더라
금일봉은 뉘 돈이고
백만원은 뉘 돈이냐
새마을길 먼지 속에
아이들 뛰어가고
강아지는 멍멍 짖고
꼬꼬닭들 길 비킨다
보이지도 않는 군수님께
면서기, 부녀회장 소대장들
먼지 속에 손 흔드네
웬수놈의 새마을길
저놈의 새마을길
문전옥답 다 들어간
저놈의 새마을길
우리 자식 우리 벗님
우리 곡식 우리 과일
삼륜차로 실어간 길

우리 동네 부서지고
우리 동네 망친 길
우린 걸어댕기고
저근 차로 달리는
저놈의 새마을길
피땀 흘린 보리농사
하곡수매 끝내고
곰곰이 생각허니
울화통이 터져서
술 마시고 화가 나서
복장 터져 더 마시고
외상값을 갚고 나서
털털탈탈 빈손이라
갈치새끼 명태새끼
몇마리 덜렁 들고
농사지어 갚는다며
외상으로 이발허고
술김에 윷판 벌여
빚마저 몽땅 지고

비틀배틀 울퉁불퉁 움푹진푹
휘청허청 걸어오던
웬수놈의 새마을길
군수 온다 다듬었더니
군수님네 잘도 왔다 잘도 가네
조합장님 지서장님 중대장에 우체국장 무슨 당 책임자에
얼굴도 첨 본 인사
오토바이 부릉부릉
뭣 빠지게 잘도 가네
군수 주려 사논 술은
유지네들 둘러앉아
한잔 두잔 마셔가며
군수 칭송 침이 튀고
군수 뒤 빽줄을 논하면서
희희낙락 다 마시네
주객이 전도되고
유만이가 부동일세
이놈 세상 저놈 세상
모다들 그놈 세상

한 시간도 안 걸리는
군수 행차 나팔 불고
몇날 며칠 품 버리니
허망허고 아득허고
입맛 쓰고 속 쓰리네
우리 이장 백만원 상금 타서
고맙다고 이 관 저 관 술 먹는 관
다 댕기면
뭣만 덜렁 차졌지
마을 자금 추렴혀서
군수 행차 나팔 불고
남은 것이 뭣이당가
썰렁헌 우리 동네
늙은이만 처져서
아이고 대고 가슴이야
푹푹 찌고 폭폭 삶는
이 날 보소 저 날 보소
사람 없는 동네 보소
뻥끼칠헌 동네 보소

면서기만 남아서
모가지를 걸어놓고
세삼네삼 연설 까며
테레비가 허던 소리, 군수 영감 허던 소리, 이장 반장 허
던 소리, 반상회 때 듣던 소리, 경제교육 영농교육 때 허던
소리
이 소리 저 소리 온갖 개소리 지저귀며
애국애족 선진조국
팔육에다 팔팔팔
신물 나고 진물 나고
이가 득득 가시네
밥 먹어라 똥 싸거라 농약 해라 비료 해라 청소하고 집
고쳐라 물 대거라 물 빼거라 아홉시 뉴스 봐라 고상헌 취
미생활 빈터에 꽃 심어라 가물작전 홍수작전 국민총화 민
족저력 아이고 대고 지겨웁네 무궁무궁 지겨웁네
야코 죽고 기 죽이고
배고프고 술 고파서
집에 와서 냉수 들고
마루에 앉아 보니

쇠죽감도 떨어지고
밤나무 밑 감나무 밑
논밭두렁 누가 빌꼬
헐 일이 태산일세

공장에서 쫓겨나온 작은딸년
녹음기를 틀거나 테레비를 틀고 보면
지랄방정 오방정
방정방정 다 떨며
빤스 입고 춤추고
이것 사라 저것 사라
먹고 놀자 마셔대라
팔육 해라 팔팔 뛰자
지랄방정 오살방정
방정방정이 방정일세
농민들은 불볕 속에
훅훅 찌는 더위 속에
숨 막히는 콩밭 속에
등어리가 벗겨지고

속옷까지 땀에 젖어
웃통 벗고 밭 매는디
저 지랄이 무신 지랄
저 방정이 무신 방정
이래저래 더 더웁고
이것저것 생각허면
생각사록 복장 터져
울화통이 터지는디
어허,
어허, 들녘 보소
무럭무럭 자라난 벼
배동바지 벼들 보소
저 들판을 바라보니
논두렁에 논두렁 콩
밭두럭에 호박 덜렁
아그데 다그데 콩 열렸네
딩굴딩굴 박 열렸네
좋구나 좋아 들이 좋아
좋구나 좋아 곡석 좋아

이 날 보소 저 날 보소
우리 밭에 곡석 보소
염병 젬병 오만 병
지랄병들 다 혀도
논만 보면 좋구나
우리가 언제
너그 믿고 살았드냐
심은 대로 다 거두는
저 땅 믿고 살아왔다
저기 저 들 믿고 살아왔다
나라 믿고 관청 믿고
조합 믿고 살았더냐
에라 어라 저 들 보소
둥개둥개 어깨춤이
절로나 나는 저 들 보소
퇴비 속에 생솔가지
얼기설기 쑤셔넣고
껍데기만 풀 쌓은 줄
테레비에 나오겄냐

신문지에 찍히겄냐
속은 텅텅 비고요
속은 푹푹 곯고 썩고
납작코가 되야가도
총천연색 칼라 사진
백퍼센트 초과달성
사진 찍고 가버리니
군수 왔다 가버리면
언제 전제 저그들이
코빼기나 보였더냐
쌀금 소값 올려줬냐
외국쌀을 들여오고
외국소를 들여와서
우리 곡석 우리 고기
막무가내로 죽이면서
오살헐 놈 풀도적들
너그들 믿고 살았더냐
가거라 가거라 다 가거라
이내 산천에 나 살란다.

지지리도 못난 탓에 농사꾼이 되야갖고, 칠십평생 육십
평생 못나빠져 살면서 풍년 드나 흉년 드나 죽어난 것은
우리들뿐이니
    너그 팔팔 살아가고
    우리 푹푹 죽어가고
    모다모다 가져가도
    저 들 저 땅 그대롤세
    칠십 평생 모질구나
    지지리도 모질구나
    걱정팔자 도로팔자
    일제 이제 삼제 사제
    다 똑같은 독재 세상
    이나 저나 다 똑같고
    누구 위헌 퇴비증산
    누구 위헌 작전이냐
    누구 위헌 경제건설
    누구 위헌 선진조국
    누구 위헌 자유민주

어떤 것이 복지다냐
이도 저도 다 귀찮다
소낙비나 내리거라
천둥번개 울려 치고
소낙비나 내리어서
앞산 뒷산 막힌 산들
생수 터져 물 내려라
이 골짝 저 골짝 물 내려라
쿵쿵쿵쿵, 물 솟아라

묵은 거름 허리 아파
논밭으로 못 내가고
경운기삯 없어서
헛간 두엄 밀렸는디
새 거름만 쌓아두니
지게목발 걸리고
사람 통행 불편허다
어허 어허
퇴비증산 오십일작전

작전 작전이 끝이 나니
앞소리는 훤허고
뒷소리는 어두컴컴
보이는 덴 비까번쩍
안 뵌 데는 폭폭 썩어
허여멀건 대낮에
풀도적들 판을 치고
앞산 뒷산 바라보니
산그늘이 내리었네
마을 텅텅 집 텅텅
퇴비 텅텅 길 텅텅
소쩍새가 울어대니
어허 어허 허망허요
어허 어허 허망허요
산아 산아 늙지 마라
앞산 뒷산 푸른 산아
칠월 청청 푸른 산아
보고 보면 슬픈 산아
칡꽃 칙칙 엉킨 산아

나는 죽어 흙이 되어
온갖 풀을 키울란다
산아 산아 큰 산아
늙지 마라 푸른 산아
텅텅텅텅 빈 산아.

제 3 부

외로운 마음에 등불을 달고
恩寅에게

외로움이 안되어 외로울 땐
외로운 마음을 달래며
기러기 나는 노을을 따라
해 저무는 강물로 가보자.
해 저문 강변에
우리들의 슬픈 시같이
저문 바람에 혼들리며
어둠속에 피어나는
가난한 고향 식구들의 눈물 같은 꽃 송이송이
우리 야윈 어깨를 서로 기대고
소리없이 저무는
오래된 강물을 바라보자.

바람은 쌀쌀하고
세월이 간다 소쩍새 저리 울어대니
달이라도 맘껏 떠오르면 좋으련만
꽃들은 어둠속에 피어 괴롭고
뜨건 눈물 복받치는
동강난 조국의 이 아픔들

별들이 구름 속에 숨는다.

봄부터 가을 끝까지
강에까지 왔다갔다하는
너와 나 사이
봄부터 가을 끝까지 꽃이 다 지고
잔잔한 사랑에
아픈 숨결같이
물결이 인다 이 겨울이 간다.
아아, 우리들의 외로움이
이 가을 마른 풀잎들같이
서로 머리 부벼 우는 슬픔일지라도
우리 외로운 마음에
따순 등불을 달고
가을 시린 바람 끝에서
어둠을 뚫고 달려오는
눈송이를 비춰보자
우리 야윈 어깨에 내리는 눈을
서로 털어주며

우리 허전한 등뒤
끝내 이길 가난의 강물 위에
겁도 없이 사라지는
깨끗한 사랑 같은 눈송이를.

진달래

조선의 봄처녀가 애 밴
가장 아름다운 반역으로
이 나라 산천에 봄만 되면
흙바람에 부르튼 손으로
풀뿌리 나무뿌리 쥐어뜯으며
흙 파 입에 처넣는 진통으로
몸 전체를 물들이고도
외입질하는 잡놈들의 왼갖 잡질로
몸 풀지 못한 원통함을 다 삭이고
그만큼밖에 못 붉은 꽃아
이 원통한 꽃아.

소

소 키울 땐 몰랐더니
소 팔고는 알겠당게
식은땀을 흘려가며
아침저녁 밤낮으로
들인 품은 고사허고
쓸어주고 닦아주며
애지중지 키우던 소
절반 살림 뺏겼당게
수입고기 들여오고
병든 소를 들여오고
으떤 놈들 살쪘는지
소값 개값 되어서
정든 소는 팔려가고
조합돈에 등 터질 때
소도 없는 외양간에
소 고삐만 덜렁 쥐고
허전허고 서운허고
맥 풀리고 부아 나서
소웃음도 안 나온당게

가자 가자 이라 가자
소를 몰고 소몰이 가자
돼지똥 밟고 엄마 울고
쇠똥 밟고 아빠 우는
밥 빌어다 죽 쒀 먹는
선진조국 머슴살이
열나오게 일혔는디
밀려오는 외국소에
죽어나는 우리 농민
농민들은 똥밭에
재벌 관리 돈밭에
이대로는 못 참겄다
이라 자라 소몰이 가자
제미럴 것 소몰이 가자
황소눈을 부릅뜨고
이라 자라 소몰이 가자

모판같이 환한 세상

이런 세상을 살아보고
저런 세상을 살아봐도
이 산 넘으면 평자락 나올까
저 산 넘으면 평지가 나올까
이 산 넘고
저 산 넘고
넘고 넘고 또 넘어봐도
넘고 나면은 가파른 세상
태산준령 농사꾼 세상
이 고개 저 굽이
험한 굽이 고개 다 넘으면
저 험한 고개 앞을 가려
첩첩 험한 산 끝이 없네

논에 들면은 밭 걱정
밭에 들면은 논 걱정
집에 들어도 들 걱정
농사짓고 나면 빚 걱정
시름 걱정도 많은 살림살이

걱정 걱정이 태산일세
고개 고개 굽이마다
한도 많은 농사꾼 세상
설운 한숨이 절로 나네
설운 눈물이 절로나 나네

이 고개 저 걱정
저 굽이 이 걱정
고개 고개를 넘어가세
굽이 굽이를 돌아가세
호랭이 뜯어갈 이놈의 세상
가세 가세 올라가세
근심 걱정 고개를 넘어가세
이 난리 저 난리 부황 든 난리
저 난리 이 난리 피 흘린 난리
자빠지면 일어나고
넘어지면 일어나서
험한 산비탈 올라 넘세
넘다 넘다 돌아가다가

험한 이 고개 넘어 돌다가
산비탈에 내 죽으면
저 산모랭이 내가 묻혀
살아온 저 세상
죽어 갈 저 세상
눈물로나 적시며
내 세상인 듯이 누울라네
평지인 듯 잠들라네.

어화 농부들아
어화 농부들아
저런 세상을 살아보고
이런 세상을 살아오며
이 고개 넘고
저 굽이 돌아
고개 굽이를 넘어보니
여기가 바로 평지일세
우리 사는 평지일세
농부들아 농부들아

어화어화 농부들아
험한 고개 험한 굽이
넘고 돌고 돌아보니
여기가 바로 평지일세
피도 뽑고
지심도 뽑아
이 논 저 논 물을 넣어
모판같이 환한 세상
어화 농군세상을 만들어가세
모판같이 고른 세상
우리 농군세상을 만들어보세.

임맞이 노래

구름은 둥실 비 실러 가고
바람은 살랑 꽃 따러 가고
물결은 찰랑 달 실러 가고
이 몸은 성큼 임 마중 가네.

앞산 뒷산 높은 산아
높은 산에 푸른 솔아
소쩍소쩍 우는 새야
앞내 뒷내 깊은 강아
느티나무 달그림자
뽕나무에 임그림자
소쩍소쩍 우는 새야
임 그리워 우는 새야
달무리를 풀어보세
달무리를 풀어보세
저기 저기 저 달무리
우리 임이 갇혀 가네
남쪽 북쪽 통일새야
소쩍소쩍 민중새야

소쩌쩌쩍 농민새야
달무리를 풀어보세.

구름은 둥실 비 싣고 오고
바람은 살랑 꽃 따서 오고
물결은 찰랑 달 실어 오고
이 몸은 성큼 임 다려와서

금실 은실 꾸리꾸리
휘영청 두리둥실
달빛이 실실 풀리는 강에
이리 보아도 내 임이요
저리 보아도 내 임이요
품에 품어도 내 임이요
임의 노래를 불러보세
임의 노래를 불러보세.

그대는 꽃

4 · 19 기념시

그대는 꽃
고운 꽃
그대는 우리가 찾아갈 수 있는 섬진강이나
우리가 찾아나설 수 없는 두만강이나
가나 못 가나
다 우리나라 그 어느 강물
여울지는 그 푸른 물결로 출렁여 젖는
봄빛 산자락에
피울음 흘려 쏟고
고이 잠드는
그대는
우리나라 꽃같이 타는 봄날에
핏기 가신 사월
그 선연한 얼굴로 잠든
서늘한 얼굴이었다가

그대는
그대 고향 황토재
아름드리 소나무

불탄 솔뿌리 베고 누워
솔잎 사이 티없이 푸른 하늘 바라보며
송진으로 엉기는
목젖 뜨거운 눈물,
눈물이었다가
핏기 돌아 일어서서
넘는 고개
활활 타는
황톳빛 오월, 오월의 대낮 불길이었다가
불 숨긴 채
거대한 황토땅에 엎드린
좋은 세상 꿈꾸는 좋은 사람
그대는
일어서는 빛
허기진 황토 흙바람 속을 뚫고 오는 핏빛 타는
진달래 진달래, 피에 젖은
그대는
박살나며 눈이 부시도록
곱게 피는 꽃

피 튀는 민주의 꽃
꽃
그대는
보리밭 매는 우리 어매
봄바람에 쩍쩍 갈라져
흙 든 손등
생살 틈속 같은
산천에 피 솟듯, 피 솟듯 피는
꽃
민중의 꽃
시방 우리 앞에 무수히 피는
꽃
눈 주면
언제나 거기 피는 아픈 꽃
내 피같이
내 피같이
내가 피워야 할
통일의 꽃
잎보다 먼저 피는 꽃

그대는 해방의 꽃
고운 꽃.

사 랑

당신과 헤어지고 보낸
지난 몇개월은
어디다 마음둘 데 없이
몹시 괴로운 시간이었습니다.
현실에서 가능할 수 있는 것들을
현실에서 해결하지 못하는 우리 두 마음이
답답했습니다.
허지만 지금은
당신의 입장으로 돌아가
생각해보고 있습니다.
받아들일 건 받아들이고
잊을 것은 잊어야겠지요.
그래도 마음속의 아픔은
어찌하지 못합니다.
계절이 옮겨가고 있듯이
제 마음도 어디론가 옮겨가기를
바라고 있습니다.
추운 겨울의 끝에서 희망의 파란 봄이
우리 몰래 우리 세상에 오듯이

우리들의 보리들이 새파래지고
어디선가 또
새 풀이 돋겠지요.
이제 생각해보면
당신도 이 세상 하고많은 사람 중의
한 사람이었습니다.

당신을 잊으려 노력한
지난 몇개월 동안
아픔은 컸으나
참된 아픔으로
세상이 더 넓어져
세상만사가 다 보이고
사람들의 몸짓 하나하나가 다 이뻐 보이고
소중하게 다가오며
내가 많이도
세상을 살아낸
어른이 된 것 같습니다.
당신과 만남으로 하여

세상에 벌어지는 일들이 모두 나와 무관하지 않다는 것을
이 세상에 태어난 것을
고맙게 배웠습니다.
당신의 마음을 애틋이 사랑하듯
사람 사는 세상을 사랑합니다.

길가에 풀꽃 하나만 봐도
당신으로 이어지던 날들과
당신의 어깨에
내 머리를 얹은 어느날
잔잔한 바다로 지는 해와 함께
우리 둘인 참 좋았습니다.
이 봄은 따로따로 봄이겠지요
그러나 다 내 조국산천의 아픈
한 봄입니다.
행복하시길 빕니다
안녕.

어머니

어머니
오늘도 당신은
한평생 땅을 밟아
두꺼워진 발바닥이
뜨거운 자갈에 닿아 뜨겁고
흙속에 손 넣어 씨 덮으면
마디마디 굵어진 손가락이 뜨거운
땅 훈김으로
흙냄새 훅훅 숨이 턱에 차도
숨 돌릴 새 없는
흙먼지 속에
번득이는 호미 끝으로
불덩어리같이 가문 밭,
당신의 온몸 구석구석 긁고 찍어
피와 땀과 눈물을 흘려
곡식들을 키우고
오금 저리는 몸 펴
숨 몰아 밭가에 토하다
얼굴 쓰다듬으면

흙먼지 쌓여 걸리는
피멍든 원한과 슬픔의 저 깊고 깊은 세월
오, 어머니
불 닿으면 타버릴
오뉴월 장작개비처럼 마른 당신의 몸은
살찔 일 하나 없는
억압과 착취의 긴 농민의 역사
그 숨막히는
뜨거운 흙바람 속을
노동으로 헤쳐 뚫고
어둔 세상을 밝혀온
검푸른 산속의 한뙈기 밭,
콩 심으면 콩 나고
팥 심으면
팥 훤하게 자라는
저기 저 불볕 속
뜨거운 땅입니다.

어머니

성한 곳 하나 없이
갈라지고 찢긴 생살 틈마다
흙 든 당신의 몸은
칼끝도 총알도
그 어떤 압제의 쇠붙이도
다 받아 썩혀
곡식을 키우는 흙,
써도 써도 닳아지지 않는
헛살 없는 당신의 눈물겨운 흙빛 몸은
우리 그리운 민주와 민중 민족통일의 해방된 땅,
일하는 사람들의 세상으로
피어린 총칼의 숲을 헤쳐나가는
저 선봉에 나부끼는 투쟁의 깃발입니다
인간해방의 완성된 땅에
눈부시게 펄럭일
피와 땀과 눈물로
이 땅에 몸 바쳐온
당신의 몸은
기나긴 어둠의 역사를 밝혀온

햅쌀같이 눈이 부신
당당한 노동의 깃발,
민중해방의 깃발입니다 어머니.

우리 땅의 사랑노래

내가 돌아서드래도
그대 부산히 달려옴같이
그대 돌아서드래도
내 달려가야 할
갈라설래야 갈라설 수 없는
우리는 갈라져서는
디딜 한치의 땅도
누워 바라보며
온전하게 울
반평의 하늘도 없는
굳게 디딘 발밑
우리 땅의 온몸 피 흘리는 사랑같이
우린 찢어질래야 찢어질 수 없는
한 몸뚱어리
우린 애초에
헤어진 땅이 아닙니다.

시인의 말

  해마다 봄은 오지만, 봄은 해마다 새삼스럽고 사람들의
가슴을 설레게 한다. 우리는 아직도 자연의 봄과 사람의
봄을 한번도 일치시키지 못해서일 터이다. 꽃이 꽃 같고
물소리가 물소리 같고 곡식이 곡식 같고 사람이 사람으로
대접받는 사람다운 세상을 한번도 만끽하지 못해서일 것
이다. 그러면서도 우리는 이 땅에 와야 할 진정한 봄을 한
순간도 포기한 적이 없었다.
  해마다 살아온 봄이지만, 내 살아온 작은 산천을 다시
둘러보매 맑은 햇빛은 산등성에서 빛나고 새들은 우짖으
며 그 빛을 차고 눈부시게 깃쳐 오른다. 이 산 저 산에 진
달래꽃은 피었다가 지고 온갖 꽃들이 가시덤불을 헤쳐 피
어나며 숲은 깊이 우거진다. 밤마다 소쩍새는 이 골 저 골
을 소쩍거리고 강물은 하염없이 맑아 꽃잎들을 제 몸에
띄운다.
  산 아래 강 언덕 벌건 밭가에 쭈그려 앉은 흙빛 저 아버
지들의 얼굴들은 언제 저렇게 산천처럼 환히 피어나며 산
천과 함께 어우러져 춤출 것인가. 이 땅에 몸 바쳐온 저 농
민들의 삶을 우리는 역사 속에서 구원, 회복, 넓게 해방시
켜야 할 터이다. 그럴 때만이 우리들의 삶 또한 이 세상에
서 온전할 터이다. 저들을 우리들의 삶으로 해방시킬 힘

또한 저들의 유구한 공동체적인 삶속에서 구해 무장해야
할 것이다.
　들에 들꽃, 산에 산꽃들은 눈부시게 피어나며 사람들의
봄을 보채는 이 타는 봄날에, 꽃들 새로 피고 물소리 새소
리 바람소리 사람소리 새로 들릴 그런 눈부신 새날을 위
해 열렬히 싸우는 많은 사람들에게 부끄러움을 무릅쓰고
이 산중 골방에서 이 글을 바친다.
　어려운 가운데에서도 이 글을 묶어준 창작과비평사 어
른신들과 벗들에게 감사하는 마음 금할 길 없다.

1986년 5월
섬진강변 작은 마을에서
김 용 택

창비시선 56

맑은 날

초판 1쇄 발행 / 1986년 8월 25일
초판 14쇄 발행 / 1999년 7월 5일
개정판 1쇄 발행 / 2000년 10월 20일
개정판 7쇄 발행 / 2023년 7월 10일

지은이 / 김용택
펴낸이 / 강일우
펴낸곳 / (주)창비
등록 / 1986년 8월 5일 제85호
주소 / 10881 경기도 파주시 회동길 184
전화 / 031-955-3333
팩시밀리 / 영업 031-955-3399 편집 031-955-3400
홈페이지 / www.changbi.com
전자우편 / lit@changbi.com

ⓒ 김용택 1986, 2000
ISBN 978-89-364-2056-7 03810